深淵與火

陳 芳 明

目錄

【自序】

在一切被吞噬之前

每次完成一篇回憶散文，就覺得自己更接近漂浪歲月的尾聲。我希望這系列的回憶可以得到安頓，然後不用再回頭再瞭望。只要回到浮沉的一九八〇年代，總會覺得死神的羽翼俯臨在我眼前。那十年的移動速度，特別遲疑而緩慢，常常浮現絕望的時刻，總覺得自己注定在遠離家鄉的海岸老死，不可能再踏上海島的土壤。那種絕望，彷彿是判刑定讞的死囚，隻身承受萬劫不復的命運。每次想到，我可能會被掩埋在陌生的土地，真的很不甘心，我果然是遭到命運刻意遺棄的人嗎？

那時並不知道島上的邪惡政治體制，終於有一天會宣告終結。每次面對它的存在，看來是那樣碩大無朋，整個地球再也沒有什麼力量可以把它推倒吧。流亡許久之後，越來越絕望，只能蓄積滿腔的不滿，藉由憤怒的文字發洩出來。那段時期寫了那麼多政論文字，往往情緒高過理性。沒有那樣的書寫，恐怕我無法度過那些絕望的歲月。那些文字，只能存在於那段隔絕的時空。我並不覺得帶給我任何救贖，但是至少培養了我潛在的戰鬥意志。藉由那些文字，我終於與島上我的世代銜接起來。

一九八〇年代，沿路充滿了魍魎魑魅的死亡陰影。從林家血案、陳文成命案、一直到鄭南榕自焚，我真實感覺了那是怎樣的殘酷時代。回望時，沿路都是血跡。如果面對這樣的殺戮，而我的魂魄沒有醒轉過來，便枉費我自己是屬於二二八事件的世代。那十年，改變了我後來的人生，也改變了我的國家認同，更改變了整個學術道路。那種激烈震盪，似乎只有後來親身經歷的九二一大地震差堪比擬。生命中最接近死亡的滋味，都是在那海外十年深刻體會。沉浸在記憶的書寫過程裡，有時不能不停頓下來。艱難時刻又在記憶裡浮現之際，似乎有一種循環迴旋的苦痛。

但是，我一定要寫出來，也要繼續寫下去。也許不能說那是一種救贖，而是希望藉由文字的淘洗，讓無法跨過的情緒得到安頓。那生死交錯的漫長十年，確實在靈魂底層烙下了太深的凹痕。已經沒有什麼可以使其撫平，但至少要留下紀錄，讓自己不斷去面對它，處理它，消化它。只有這樣，我才能獲得一個恰當位置，容許我旁觀自己的痛苦。我一直相信，政治再如何醜惡，都不能再以政治手腕來解決。我曾經嘗試過，甚至後來回國後又再次參加政治，事實證明那完全不可能挽回自己，而且還失去更多。

終於決心以文學形式來過濾記憶時，我已經回到學界長達十餘年了。其實中間也以短篇散文書寫過，卻還是覺得不夠完整。在短篇散文裡，我以濃縮方式貼近過去所發生的煎熬，才隱約感覺有一種洗滌。文學的力量有多大？那是我無法確認的。記憶從來不是照相術，不可能如實印刷出來。但是以跳躍的敘述紀錄從前，往往帶來某種程度的昇華。在記憶一息尚存之際，我就緊緊掌握。那些可憎的、可怕的歷程，變成靜靜的文字羅列眼前時，我更加確認那些日子不再倒流。

曾經有學生在課堂上提問，如果可以再一次回到一九八〇年代，面對同樣事件的發生，可不可能又縱身投入？我毫不遲疑回答，當然還是會選擇介入。畢竟我所抱持的人權關懷，至今仍然堅持著。那是我作為一個知識份子的自我要求，尤其面對暮年的日益逼近，我更加覺得無悔。正是因為有過那些參與，才讓我對台灣歷史、文學與政治的判斷，可以更貼近一點。而且那樣的介入，也更豐富了我的生命、我的靈魂。我沒有錯每一個歷史轉折，甚至也沒有選擇退卻。

陷入政治運動的漩渦時期，我常常想起尼采說過的話：「與怪物戰鬥的人，應當小心自己不要成為怪物。當你長久注視著深淵，深淵也在注視你。」我很明白，政治場域就是一個無底洞，只有越陷越深。我是政治的受害者，但絕對不能使用政治來進行回報。而我相信，這個世界應該還存在著其他救贖的方式吧。那年，千里跋涉回到自己的土地，其實是為了尋找未來的精神出口。如果沒有決心回來，遠方海洋的浪潮就很有可能吞噬了我。

這冊回憶散文的時間歷程，始於一九八〇年代中期，美麗島受難人逐漸分批出獄；終於一九八九年，自己以黑名單身分回到台灣。那段歲月，時間的速度極其緩慢，近乎凌遲，好像有一隻蟲在身體內的什麼地方咬嚙。只有訴諸書寫，把那段時期的每一個轉折都記錄下來，才有可能驅趕肉體深處的那隻蟲。兩年前，完成了《革命與詩》時，生命裡的每一個波瀾與轉折都浮現出來。那是我前所未有的一次攬鏡自照，在時間歷程上是一種追尋，在心靈探索上是一種挖掘。如今終於又完成第二冊，更清楚看見了旅途上的多少驚險。我終於回來海島的土地，也終於回到自己所耽溺的文學與學術。我注視著深淵，卻又免於被吞噬。剩下來的，便是我的餘生。我的流亡歲月完全過去了，而我還要繼續自我焚燒下去，直到片甲不留。

二〇一八年八月二十九日　舊金山

牢門打開時

1

春天來時，洛杉磯又回到燦爛的季節。行道樹變得更綠，路邊人家的前院花圃也盛放著豔麗花朵。加州罌粟花（California poppy）開在矮矮的圍籬周邊，燦爛地反射著豔陽光線。編輯部辦公室後面的酪梨樹（avocado），已是果實纍纍。那是加州特有的產物，在西雅圖未曾見過如此碩大的果物。微風襲來，夾帶著南國的悶熱。枝葉徐徐搖晃，唯獨那果實不動如山。那天下午到達辦公室，發現艾琳達正在攀爬枝幹之間。常常來辦公室協助的艾琳達，從聖地牙哥北上夜宿在辦公室。她大概是我所見過，使用流利中國話的洋人。她那時是史丹佛大學社會學系的博士候選人，正在從事台灣女工的研究。她到台灣去便是實地考察台灣工廠女性工人的處境。她深深信奉馬克思主義，每次發言時都堅持鮮明的階級立場。艾琳達的生活模式，也是左派人士的典型。她常常在辦公室指控許信良是機會主義者，往往左右搖擺，喪失了革命的原則。

我曾經與她吵過一架，那是一九八一年的聖誕夜。辦公室的工作人員忙著趕工，希望把編好的報紙版型送到印刷廠，第二天就可以擁有從容的聖誕節假期。每個人的心情都緊繃著，無意之間我與艾琳達有了口角衝突。如今已經忘記到底在爭論什麼，只覺得那晚的心情非常不愉快。工作快要結束時，我非常掙扎，到底要不要在離開前跟她說聖誕快樂。內心矛盾許久，卻說不出口。全部的工作完畢時，艾琳達向我走來。手上拿著一條小小的被子，她說，這是我自己縫製的 quilt（拼布），送給你的孩子做聖誕禮物。那條小被子手工很細，是由零碎、顏色不一的小布片縫製而成。她一定耗費不少時間，一片一片銜接起來。就在那個時刻，我感到非常慚愧。這也是我第一次領教了洋人的生活態度，縱然兩人發生激烈辯論，卻不影響個人情緒。反而是我在開口之前，陷入了天人交戰的困境。

艾琳達為我做了最佳示範，可以把個人感情與理念辯論清楚區隔。她不會因為彼此感情融洽，就放棄理念上的辯論。我與她發生口角時，中文與英文同時並用，為的是讓她知道我的說法。艾琳達也是雙語並用，辯才無礙，讓我體會到作為知識份子的身段是什麼。她對自己的意識形態極為雄辯毫不稍讓，卻不影響她與我的友誼。她說耗費了一個星期，把這條百衲被縫製出來。因為她看過我的兩個小孩，覺得應該送給他們聖誕禮物。她又從抽屜拿出一個彩紙包裝的禮物，說要給我的女兒。就在那個時刻，我非常感動，久久說不出話來。

她所教給我的，讓我這輩子受用不盡。我也曾經年少氣盛，喜歡與朋友辯論，如何在激烈辯論之後保持禮貌風度，都在那一次吵架中獲得了學習。如何在辯論與情緒之間劃清界線，最後總是不歡而散。在洛杉磯的聖誕夜，我第一次見識了什麼是進退的藝術。那個晚上要離去時，我終於跟艾琳達說 Merry Christmas，她走過來輕輕與我擁抱。於我而言，那個晚上，不僅僅是聖誕夜，也是我個人修養的一個重要跨越。

在我所認識的左派人士中，真正使理念與行動能夠完美結合的人，一個是史明，一個是艾琳達。在那春天的下午，我看見艾琳達爬上那株酪梨樹。她一顆一顆採擷下來，裝進她手提的布袋裡。當時我並不那麼喜歡酪梨的滋味，無法理解為什麼她要採那麼多。在辦公桌上，她選擇比較大的酪梨放進另一個紙袋。我問她要做什麼，她說等一下你就知道。原來她選擇比較好的酪梨，走到屋外，一位墨裔的水果販賣車就在那裡。她拿著酪梨與攤販交換不同的水果。那天下午，我們在辦公室享用了香蕉與橘子，完全是她以物易物換取的。這是我第一次見識左派知識份子的具體實踐。她從來不擺任何身段，而是在具體行動或日常生活表現出來。艾琳達最喜歡批判許信良，說他是左言右行。她也批評過史明，但是對他所投入的革命工作，保持高度敬意。

艾琳達的家在聖地牙哥，與她的母親住在一起。每個禮拜三都會開車北上，需要三小時的駕車時間，她很少缺席，週三、週四都是編輯部最忙碌的時刻，她自願加入剪貼的工作。縱然已經離開台灣，她仍密切注意著島上的政治變化，也對美麗島家屬表達高度關切。她也是人權工作者，與我同樣屬於國際特赦協會的會員，偶爾也會一起討論韓國、菲律賓的政治犯問題。對人權議題的關懷是一輩子的事，而國際人權工作者往往可以使用觀光的外籍身分去探訪台灣。這個管道，也正是艾琳達能夠接收台灣內部的第一手政治信息。春天時分的一個下午，艾琳達邀我到洛杉磯市區的咖啡店相見，原來是介紹我與兩位美國的女性人權工作者見面。她們剛從大學畢業，正要出發到遠東訪問。咖啡店看來很簡陋，座落在城市的街角。我到達時，她們正在議論著美麗島事件。

雖然我也是特赦協會的一員，卻不能直接涉入台灣的政治案件，為的是防止個人的政治信仰與人權議題混淆不清。我接受的政治犯案件，都發生在韓國、菲律賓，以及中南美洲的獨裁國家。身為會員的義務是，寫信給特定國家的外交部長，呼籲他們考量基本人權，並且釋放政治犯。做這樣的工作似乎輕而易舉，不可能看見立即的效果，但至少可以給強人統治的政權一些國際壓力。坐在咖啡店裡，我發現她們不只是討論美麗島事件，而且也正在議論稍早的一位台灣政治犯白雅燦。經過美麗島事件後，這個名字好像被淹沒了，但是兩位女性工作者並未放棄對他的關懷。白雅燦是在一九七五年蔣介石去世時，公開散發傳單，質疑蔣經國是否有繳交遺產稅。

這位名不見經傳的小人物，對蔣經國所提的質問，為我們帶來巨大思考。我必須承認，白雅燦事件是最初促使我加入人權組織的關鍵因素。質疑蔣經國的白雅燦迅速遭到逮捕，似乎對整個社會並未造成任何漣漪，但是國際人權工作者從來沒有忘記。兩位女性準備遠赴亞洲，其中的一個行程就是要去探訪白雅燦。這使我非常感動，也許我只能關心第三世界的政治狀況，但冥冥中也換取了國際人士對台灣的關心。我問她們：可能見到白雅燦嗎？兩個人不約而同搖手說並不一定，但是願意嘗試看看。這正是國際特赦協會的精神，所有的關切或探訪並不可能得到答案，但只要受刑人在高牆內，獲知外面些微信息，他們就知道並未被孤立。那種默默進行的工作，沒有報酬，沒有褒獎，更沒有任何回饋。參加人權組織這麼久之後，我漸漸能夠理解人的生存尊嚴，絕對不是由威權統治者來定義。

坐在洛杉磯的街口，城市景象看來是那樣不真實。與兩位即將前往台灣的女性人權工作者談話之際，不免有些感傷。她們能夠進出自如，而我卻被阻斷在千頃海洋之外。在對話時，才知道她們對於韓國、台灣、菲律賓的政治現狀都瞭若指掌。那時的韓國朴正熙與菲律賓馬可仕，都是國際上惡名昭彰的統治者。台灣的蔣經國與他們並列在一起，當然也使我這樣的台灣人蒙羞。冷戰時期已經結束，而三位權力在握者卻拒絕走出歷史。縱然蔣介石已經去世那麼久，身為繼承者的蔣經國對於權力的貪婪仍然毫無節制。他一直把自己塑造成為親民的領袖，但經過美麗島事件之後，他的形象已完全崩壞。在歷史檔案裡，他就是不折不扣的特務頭子。那天在咖啡店談笑風生的記憶不時浮現，我感受到人權工作者的真摯情感，也感受到台灣歷史是多麼荒謬而荒蕪。

2

美麗島事件受刑人假釋出獄的消息傳來時，是在一九八四年春天。他們的刑期不像八位領導人那麼長，其中有些人是《美麗島》雜誌的工作人員或支持者，有些人則是捲入藏匿施明德案件中的協助者。最早出獄的兩位作家是王拓與楊青矗，似乎為台灣社會帶來了騷動。他們當初被捕時，引起國際人權組織的廣泛議論，特別是作家身分受到判刑，更加暴露戒嚴體制的違背人性。對於西方先進的民主國家，作家永遠都是言論自由的象徵，也是評斷一個社會是否開放的最高準則。王拓、楊青矗的被捕，顯然釋出了非常豐富的政治意義。畢竟他們是鄉土文學運動的健筆，他們作品中形塑的社會底層人物，強烈暗示了國民黨所發展出來的資本主義，便是台灣階級壓迫的根源。兩位作家入獄，如果發生在美國或歐洲，必然是受到矚目的嚴重問題。

遠在洛杉磯，聽到他們兩人被釋出獄時，我內心累積許久的壓力，似乎稍稍鬆弛下來。最初南下洛杉磯時，我曾經暗自立下誓願，只要他們被關在牢裡一天，我就繼續投入政治運動。這種祕密誓言是我對自己的承諾，也是對人權信仰的一種實踐。當他們走出牢房時，我緊繃的心彷彿也得到一點點紓解。王拓是基隆八斗子人，他筆下的雨港意象特別鮮明。尤其他的小說《金水嬸》，把現代都會的金錢政治，與鄉下母親的堅守傳統純樸精神，描繪得非常淋漓盡致。而楊青矗是高雄人，在他小說裡所刻畫長期受到剝削的工廠人。兩人的作品彰顯了台灣社會的城鄉差距與階級差距，就像我後來常常說的，鄉土文學運動在一定程度上，其實是對抗國民黨的文藝政策。通過這樣的政策，當權者可以干涉作家的思考與書寫，也使許多活潑的藝術想像受到黨國的壓制。王拓、楊青矗的小說，彰顯了黨國文學所無法容許的底層人物形象。如果重新閱讀他們的作品，可以發現社會底層其實充滿了暗潮洶湧的憤怒情緒。

春日的洛杉磯陽光，透過玻璃窗照進辦公室，似乎帶著幾分慈悲，幾分憐憫，讓我冰凍的心也稍稍融解。縱然如此，我對於坐在高牆裡的受難人，還是相當牽掛。生存在畸形的年代，便無法避開畸形權力的氾濫。美麗島事件的發生，預告了台灣民主前景的黯淡與危機。戰後以來，從未見證從下而上的民間運動。如果美麗島人士不要受到逮捕，或許一九七〇年代的民主運動可以奠下基礎。進入一九八〇年代以後，在這個基礎上還有更高、更大的空間可以期待。然而不然，戒嚴體制的當權者，無法容忍人民力量的崛起。美麗島事件的爆發，使台灣社會的民主進程至少慢了十年。付出如此巨大的代價，卻未看見權力在握者有任何反省的能力。

隔著海洋瞭望台灣時，我看見戰後新世代巍然站起。這種世代交替的事實，使我更加相信，民主從來不是一天造成的。那些走向街頭的年輕人，正是我的世代。如果我在現場，必然也涉身其中。一個傷感的、無可救藥的浪漫主義者，面對險境時，反而湧出更強大的勇氣。在年少歲月，自己的性格未曾如此強悍。必須離開海島之後，展開生命孤獨的航行時，才開始與各種不同形式的險惡遭逢。開始放下身段，四處打工之際，才慢慢體會了人性的真實。為了生存下去，彷彿在陌生的海域搏鬥，慢慢鍛鍊暗藏內心的意志。赤裸裸的政治事件，確實給我太多的人格教育，曾經是那樣脆弱的性格，在遠洋航行時逐漸鑄造了無悔的意志。這樣的人格改造，跨過一九八〇年的考驗後，一個全新的靈魂已經在我體內形塑而成。我的浪漫情懷並未喪失，只是比起從前還更勇於追求遙遠的理想。

一旦涉入冰涼的水域之後，生命已經是全盤兩樣。獲悉島上的年輕世代走上街頭時，縱然不在現場，也可感覺自己的血液正在燃燒，毫無來由地，我對自己的缺席，感到遺憾，甚至帶著一點罪惡感。捧讀台灣黨外雜誌，年輕世代的政論，我頗覺驕傲，恨不能與他們站在同一行列裡。很難想像他們的行動其實比美麗島事件的遊行者還更激進，藉由文字所呈現出來的思想狀態，與前行代比較起來毫不遜色，那是波瀾壯闊的年代，似乎沒有什麼可以抵擋，威權掌控者可以囚禁美麗島人士，卻關不住年輕世代的激進思考。一個全新時期儼然到來，尤其看見黨外雜誌開始出現兩條路線的辯論，一是選擇議會路線，一是堅持群眾路線，這種分歧意味著更成熟的政治運動即將到來。

在週報辦公室與許信良討論黨外運動的分歧時，他說兩條路線都不能偏廢。畢竟台灣還不是一個成熟的民主社會，任何可以爭取民主制度的方式都應該嘗試。他這樣說時，讓我不期然想起愛爾蘭的獨立運動。一九二二年宣告獨立之前，愛爾蘭政治運動也同樣分成兩派，一是議會派，一是革命派，當時的現代詩人葉慈也捲入這個革命浪潮裡，身為詩人，他其實跟兩派的成員都保持密切聯繫。如果愛爾蘭議員在英國議會提出和平改革，而遭到否決時，愛爾蘭革命軍便開始進行各種暴力活動。議會路線與群眾路線的交互運用，終於使愛爾蘭完成了獨立的使命。我也同意許信良的說法，相信台灣黨外運動的兩條路線，應該可以並行不悖。

立法委員的改選，在一九八三年宣告恢復，美麗島受難人的家屬，方素敏、周清玉、許榮淑、黃天福，都在選舉中獲勝。在洛杉磯接獲這個消息時，整個辦公室的工作人員，都感到非常興奮。他們的夫婿與兄長身陷牢獄之際，受傷的台灣選民，決心以選票來答覆國民黨的倒行逆施。這算美麗島事件平反運動的起點，這群代夫出征的女性，在高票當選之際，已經撫慰了多少哭泣的心靈。面對這樣的結果，許信良更加堅定主張選舉路線。他所信仰的合法改革，受到海外政治團體的批判，認為這種主張等於承認國民黨的合法統治。許多堅持革命路線的讀者，紛紛以退報的行動來杯葛這份週報。

從創刊以來，維持這份週報的經濟來源，並不純然是依賴讀者的支持。背後其實有特定人士提供金援，遠在日本的史明便是其中一位。許信良與史明結盟，成立了聯合陣線。為的是要使這份報紙的影響力可以擴張。當時史明主張革命的文字，也在這份週報連載。從報紙內容來看，似乎出現了兩條路線。一個是許信良強調的選舉策略，一個是史明所揭示的革命主張。這兩條路線並置在一起，常常引來讀者的訕笑。這不免使我覺得尷尬，畢竟我從未參加聯合陣線的組織。在週報工作，完全是為了對台灣的威權體制進行批判，而這正好彰顯了我個人的局限。我深知自己並不適合參加團體生活，總覺得自己所信奉的自由主義會受到傷害或限制。畢竟身為文學創作者與學術研究者，我傾向於獨來獨往的脾性。當這份週報成為組織性的宣傳機構時，我漸漸感到遲疑。

美麗島人士陸續出獄時，我強烈感受到緊繃的情緒逐漸弛緩下來。正如最初對自己所做的承諾，只要美麗島人士未能出獄，我便堅守在那不斷書寫的批判位置。三年來，埋在血液裡的那股憤怒，是我投入政治浪潮的原始動力。當台灣的民主運動逐漸恢復元氣，美麗島受難人家屬也次第當選民意代表。鬱積在體內的憤懣，似乎也開始分解。許多信息告訴我，台灣民主運動的生命力未嘗稍止。猶如涓涓細流從石縫中滲出，點點滴滴又慢慢匯聚，那蜿蜒的躍動，我在千里外也可感知。就在那個春天，生命又好像到達一個路口，是否繼續擔任這個週報的主編。我對這份週報寄託著太多的感情，沒有三年來的不停書寫，也許我無法走出美麗島事件的夢魘。而我知道，一個分合的路口再次隱隱出現於眼前。

極冷與極熱

1

到達棕櫚泉（Palm Spring）的山頂時，迎面而來竟是一片風雪。在短短半小時內，同時感受了熱帶與寒帶的氣候。已經是春天的季節，洛杉磯谷地陷於熱流之中，高達攝氏二十八度。坐在纜車，兩個孩子睜大了無邪的眼睛，不斷向山下俯望，他們覺得非常奇妙。纜車出發點的建築物越來越渺小，他們不免低聲驚呼，竟然可以在數分鐘內，就已經與雲層等高。十分鐘之後，纜車到達山頂終點。門啟處，寒風驟然襲來，才驚覺山上山下的氣溫分明是兩個國度。出發前，幸好接受了朋友的建議，必須攜帶禦寒的衣物。放眼望去，盡是滿畝的皚皚白雪。在洛杉磯三年，未曾讓孩子有度假的機會。開始讀小學一年級的大兒子，其實才滿六歲，對於任何事物都保持高度好奇。他的想像力豐富，觀察力敏銳，求知欲甚強，我卻常常把他與妹妹關在家裡。

由於常常收到恐嚇信，時時牽動著我敏感的神經。縱然它只是寄到週報的郵局信箱，卻不時擾亂了內心的安寧。以風聲鶴唳來形容那段日子，其實並非誇張，沒有人敢於預期，文字的恐嚇何時會變成是事實。每天走出公寓的租屋，都情不自禁會左右觀察，判斷是否有可疑的陌生人出沒。經過確認後，才讓孩子一起坐到車上。身為父親，不免對孩子感到抱歉。縱然那段時間充滿了革命意志，面對孩子時，其實變得非常軟弱。早熟的兒子不希望父母送他到學校，他的校園就在隔壁街。他始終很謹慎走在人行道上，到達十字路口時等待綠燈亮起，然後走到對街，便到達校門口。兒子從來不知道，他的父親總是躲在樹幹後面，悄悄觀察他步行進去校門。

洛杉磯是華人聚落最多的城市，也是各種意識形態頻繁交鋒之處。在那危疑的年代，尤其受到美麗島事件的衝擊，幾乎各種政治立場都陷入焦慮之中。當時北京與華府已經建交，更使華人社區的政治情緒緊繃。在任何公共場合，我其實是隱身者，不發任何議論，也不散發自己編輯的報紙。那是我最低調的時候，全然埋名隱姓，在人群中像是一個透明人，如果恰巧碰到認識的朋友，也是遠遠以手勢打招呼，然後背身離去。在洛杉磯三年多的歲月，使我的生命完全改變了航線，有時也無法辨識自己的方位。但是在內心總會這樣想，比起坐在高牆背後的民主運動者，我已經幸運太多，至少身體與思考無須受到監牢的拘禁。只要自由意志還在，還可以持續釋放批判的能量，而那是我最後的據點。

站在那雪白的峰頂，望見截然不同的風景。同樣在洛杉磯，也在同樣的緯度，只是處在不同的高度，季節便全然兩樣。高度，往往使人看見不同的人生。我常常會情不自禁回望出國之前的故鄉，尤其在愛情之前，在政治之前，在知識啟蒙之前，整個心靈就像左營的蓮池潭那樣，綠波千頃，澄澈見底。那是沒有任何煩惱，也沒有任何負擔的生命原點。十八歲離開左營後，開始投入歷史研究，也接觸了使我著迷的現代詩，整個心靈驟然提升到另一個高度，看待世界的視角也完全不一樣了。惆悵、孤獨、憂鬱的滋味，次第進駐我的心房。同樣是在海島上，隱隱感覺到達一個可以俯視自我的境界。那時常常會想起故鄉的童年玩伴，他們都留在原來的街道，也擁有恆久的南國陽光。如果未曾離鄉，或許我會跟他們一樣，並不覺得生命有任何缺憾。

山上雪地裡，我與孩子坐在有著火爐的玻璃餐廳，簡直無法想像山下此刻，正是赤地千里。只是一條纜車之隔，山上山下竟分別屬於極冷與極熱的季節。懸崖邊緣的下面，遙遙可以望見陽光正在谷地燃燒。兩種氣溫的強烈對比，我見證了也親自感受了。兩個孩子冒著寒風在屋外互打著雪球，他們似乎並不覺得氣候有任何差異，那種隨遇而安的心情，已不可能發生在我身上。望著不遠處墨綠的松樹，讓我不禁想起北國的西雅圖。我也曾經跋涉過雪地，寸步難行，可以感受刺骨的空氣滲透到衣袖裡。那樣的天寒地凍，也曾經是我艱困日子的隱喻。我離開那個城市，卻又投入另一個更為挑戰的城市。極目前塵，我才驚覺走過的道路何其顛簸，何其漫長。

站在棕櫚泉的山頂，似乎也獲得一些醒悟。當美麗島人士開始獲得釋放出獄，我南下投入政治運動的初衷，似乎也慢慢稀釋。尤其在一九八二年，「黨外四人行」來到洛杉磯，可以強烈感覺島上的某種肅殺氣氛也正在退潮。在他們投宿的旅館，我與黃煌雄有了一次晤談。畢竟在這個訪問的行列裡，黃煌雄對台灣歷史的研究可以說非常深刻。遠在一九七〇年代，他已經寫出一部《台灣的先知先覺者：蔣渭水傳》。對於患有歷史失憶症的台灣社會，這本書的出版代表了一次思想的再出發。坐在他的房間，可以察覺他頗具大器。與他討論殖民地歷史時，他簡直是瞭若指掌，隨時可以旁徵博引，不免讓我開了眼界。蔣渭水是中間偏左的殖民地運動者，正好與我所關切的謝雪紅形成強烈對比。為了更清楚了解蔣渭水與謝雪紅之間的意識形態差異，我向他討教，也獲得不少啟發。

黨外四人行也暗示著，在美麗島事件遭到重挫的黨外運動，似乎開始露出起死回生的跡象。當時的黨外雜誌《深耕》、《進步》、《自由時代》已經顯示，黨外新生代正在崛起。無論是思想理論，或文字操作，都可以看見一種不同的氣象。七〇年代的《台灣政論》，在表達政治主張時顯得特別委婉而含蓄。而八〇年代的新生代，措詞用字總是帶著一種氣勢，無畏於思想檢查，也無懼於權力干涉。他們不僅批判當時的現實政治，也有能力建構自己的史觀。他們是屬於戰後出生的世代，世界觀與政治觀似乎不同於美麗島世代的表現。他們都是二二八事件以後的孩子，也經歷了一九五〇年代的蒼白時期。言談之間可以發現，中國經驗不再是他們的包袱。

最讓我感到震撼的，莫過於他們所提出的「老兵返鄉運動」。這個政治主張，其實是在挑戰國民黨實施戒嚴令的虛妄。他們從人權的觀念出發，指控戒嚴體制使許多為國效勞的軍人，不僅失去故鄉，也失去親情。海峽兩岸的國共對峙，完全是出於當權者的自私，讓一整個世代的老兵，徹底失去故鄉的記憶。最初看到這項運動開始發起時，深深覺得這是不可能的事情。但是經過一段時間的醞釀，這個運動形成沛然莫之能禦的力量。新生代的視野與氣度，果然與前十年的黨外運動有了區隔。

在洛杉磯思考的政論文字，與島上新生代的表現相較之下，突顯了我的落後與遲到。我距離歷史現場太過遙遠，無法立即感受到社會的躍動。縱然對當時的種種事件可以立刻執筆回應，終究還是隔了一層。尤其見證了街頭運動逐漸冒出時，更加覺得自己書寫的文字顯得多麼無力。我不免會產生隔岸觀火的感覺，無法介入那充滿騷動、充滿活力的現場。我開始思考，是否應該讓自己的文字回到台灣。縱然那是羅網密布的土地，想必會有一些缺口，讓文字偷渡回去。開始這樣思考之際，便覺得自己應該離開洛杉磯的時候了。

2

我常常造訪的世界書局不僅每天可以得到全新的報紙，也可以看見書架上從台灣寄來的新書。我總是駐留在文學與歷史的書架前面，一冊一冊取出翻閱，希望在蛛絲馬跡的文字裡，可以窺見台灣文壇與學界的動態。總是不期然可以看到自己的朋友又有作品出版，也可以看到研究歷史的朋輩的最新著作。常常會這樣設想，如果還留在台灣，也留在學校，或許已經可以出版宋代歷史的專書。看到熟識作家的文字時，也不免揣想他們的藝術風格，於我而言，學術與藝術仍然是我生命裡致命的吸引力。當我選擇放逐時，其實也開始遠離自己熟悉的世界。面對架上的一排新書，有時不免會發出喟嘆，我是不是輸掉了，是不是失去了。

捧讀著台灣朋友的學術著作與文學作品時，如果說內心沒有產生絲毫波動，那是自我欺騙。政治運動使我離開校園長達三年之久，過去所累積起來的宋代歷史的解釋，似乎也逐漸荒廢。文學閱讀似乎也發生中斷，許多在一九八〇年代出現的作家，他們的名字對我竟是異常陌生。熟悉現代主義與鄉土文學作品的我，已經可以強烈感覺新世代作家的語言已經全然兩樣。最初閱讀黃凡的小說〈賴索〉時，相當訝異這樣的作品可以出現在台灣社會。那篇小說第一次觸及了國民黨、統派、台獨的意識形態，讀來頗覺怵目驚心。畢竟統派與台獨在當時的台灣社會，仍然是高度禁忌的字眼。黃凡以一篇精采的短篇小說獲得《中國時報》文學獎，震動台灣文壇，也震動了遠在海外的浪子我。縱然當時還未解嚴，作家已經開始觸探思想禁區。閱讀那篇小說時，更讓我產生強烈的返鄉欲望。

我的記憶與感覺，似乎還停留在一九七〇年代的台灣。發生過那麼多的政治事件與國際衝擊，想必也改變了許多知識份子的內心感覺。其中最關鍵的議題莫過於國家認同。黃凡小說雖然沒有給統派與台獨一個確切的答案，但至少已經顯示戒嚴體制似乎開始出現缺口。許多想像、許多願望就要從那個缺口汩湧出來，那似乎不是當時權力在握者所能阻擋。我暗自提醒自己，回望那北半球的海島時，不能用靜態的、固定不變的想像去定義它。而我也相信整個社會翻滾前進時，或許不會被美麗島事件所綁架，也不會被林家血案的殘酷所羈絆。那是一塊生動活潑的土地，歷史巨輪也跟著跨向另一個歷史門檻。

自我鎖在另一個海岸，在我情緒深處其實還沉澱著太多的傷痛與悲哀。我無法過濾這些混亂的記憶，當然也無法超脫事件帶給我的衝擊。悲憤之情是我書寫文字的最大動力，如果把那時寫出的文字視為一種悼亡書，也並不為過。坐在海外的另一個樓頭，找不到任何排遣情緒的出口。彷彿像坐牢那般，深深陷在自囚、自虐的情境。然而，當新的文學作品到達我的書桌時，不免驚覺自己是另外一個世界的人。我好像在瞭望自己的前生，幽靈那般徘徊在海島的土地上。對我的同輩而言，我早已並不存在。或許在他們的記憶中，我與死者沒有兩樣。完全不可能與他們進行對話，更不可能為自己做任何抗辯。

在某些神祕的時刻，我無法接受自己已經燃燒成灰，漂流在茫茫的虛空。離開台灣快要十年，對於我的朋友而言，我的缺席或死亡，再也不可能引起任何騷動。即使是隻字片語的文字，也不曾在他們之間流傳。這樣聯想時心裡是多麼不甘，對於放逐我的那個政權，似乎蓄積了多少恨意。這樣反覆思考時，似乎有一種壓抑不住的衝動，恨不得就趕回台灣的現場。離鄉那麼久之後，才知道自己的鄉愁有多沉重、有多激切、有多躁鬱。十年，等於一個世代，竟讓我湧起了前生今世的悲嘆。沒有誰能夠伸手拯救，能夠把沉沒的靈魂重新撈起。除了自己，沒有人能夠伸以援手。

我非得參加他們不可，至少我的文字絕對不可缺席。那時我已經注意到，文學生態正在發生變化。尤其閱讀了葉石濤的「文學本土論」，以及陳映真的「第三世界文學論」，更加使我騷動難安。我開始蒐集報紙上的文字，還有雜誌上的長篇論文，希望能夠在兩種文學理論之間，找到自己的論述。那是一個突破的開始，那時所反覆求索的恐怕是一股無法抑制的介入衝動。我可以理解陳映真為什麼要強調中國文學是屬於第三世界，那是為了呼應鄧小平在聯合國的公開演講。重返國際社會的中國，鄧小平的主觀願望是，站在第三世界立場來對抗第一世界的英美帝國。所謂第三世界，指的是第二次大戰前的所有殖民地，包括亞洲、非洲、拉丁美洲。中國希望能夠團結被壓迫、被剝削的殖民地國家，而成為另外一個國際的領導力量。

當時我的思考是，中國並非第三世界。縱然遭到帝國主義的侵略，但從未淪為殖民地。畢竟中國從未失去自己的主權，也未失去文化話語權，甚至也未曾發生過失憶症與失語症。非洲、拉丁美洲的殖民地，被帝國的權力干涉而剝奪淨盡。那種被汙辱、被損害的政治經驗，絕對不是中國所能體會。陳映真的思考，借用第三世界的名義，為的是要護航他自己的中國認同，從而發生出一種文學論述，為當時的中共政權釀造一定的政治主張。在那最苦悶的時刻，我終於動筆寫了一篇〈現階段台灣文學本土化的問題〉。大約兩萬餘字，分成三期在《美麗島週報》發表。也正是在那無法排遣的時刻，在洛杉磯與主編《台灣文藝》的陳永興相遇。

他特別邀請我把這篇文章，寄回台灣發表。

或許這是我返鄉的起點，整篇文字的思維方式與論述技巧，完全不同於出國以前的我。當我還是《龍族詩刊》的成員，所發表的詩作不脫濫情與脆弱。從事宋代歷史研究的寫詩者，嘗試在古典與現代之間釀造詩情。這樣衰弱的我，正是我留給台灣朋友的深刻印象。當我以宋冬陽的筆名發表這篇長文時，沒有一個人可以辨識出這是我的手筆。一九八四年一月，正式刊登出來時，確實為台灣文壇帶來一些動盪。對陳映真而言，他反而相當清楚宋冬陽是誰。這篇文章其實是在檢討鄉土文學論戰期間，葉石濤與陳映真所提不同的歷史觀。葉老認為台灣文學始於明鄭時期，漢人移民來到海島之後，為了適應這塊土地的氣候、風土，而開始寫出台灣特色的作品。於我而言，葉石濤是鄉土文學的重鎮。他以通史的概念，來解釋歷史上台灣文學的發展。

陳映真卻認為，「台灣文學」一詞不能成立，而應該稱之為「在台灣的中國文學」。他認為鴉片戰爭，決定了日後台灣的命運。當他這樣解釋時，其實是要把台灣歷史納入中國文學史的脈絡。我的那篇長文，似乎觸到他的痛處。他在《夏潮論壇》組織了一些文章，開始對我的觀點提出強烈反駁。我的返鄉之旅，忽然受到如此盛大的迎接。這是我終結流亡的開始，如果不能在島上文壇獲得發言權，似乎就不可能證明我的存在。如今終於可以發表文章，而且遭遇到激烈的對抗，反而更加證明返鄉之旅是勢在必行。

就像在棕櫚泉的山上，親自遭逢了極冷與極熱的兩種氣候。我的文字涉入台灣的海水，似乎也產生了兩種極端的感覺。極冷與極熱的反應，分別來自本土派與統一派。我的靈魂好像又在自己的土地重新復活，尤其看見《夏潮論壇》的熱烈回應時，並更加證明自己不再缺席。我仍然記得那年春天的氣溫，在拳聲與掌聲之間，我感受到故鄉的冷暖。乘風破浪是我的回鄉之旅，必須要再等五年之後我才正式踏上台灣的土地。

告別洛杉磯

1

離開洛杉磯的那個早上，晴空無雲，又是南加州的晚春時分。那麼多的書籍以及家具、雜物，都擠進那尺幅有限的貨車。就像上次從西雅圖南下時，也是租來 U-Haul 的運貨車，企圖要把洛杉磯所有的記憶也都裝載在裡面。離開一個城市並非容易的事情。超過三年的停留，已經參雜太多的經驗與記憶。最初離開西雅圖時，無知於所有的政治運動，總是充滿了憧憬，也夾帶著淡淡的夢想，期待自己的介入可以改變許多事情。三年的時間過去了，確實可以感知台灣社會正在發生變化，也可以感知新生代的政治運動者持續投入黨外運動。縱然內心還停留在美麗島事件衝擊的餘緒，許多意象仍然混亂地在內心閃現。逮捕、殺害、鮮血、審判、監獄，這些苦難的象徵，一直沒有得到稀釋的機會。有期徒刑的美麗島人士次第走出監牢，但我所牽掛的還是美麗島的領導者施明德，黃信介，姚嘉文，張俊宏，陳菊，呂秀蓮，林義雄，林弘宣。他們分別被判無期徒刑到十二年有期徒刑，始終讓我感到心痛。

尤其經過林家血案的洗禮，我的人格發生了劇烈改變。不僅我的朋友不再能夠認識，即使是我，也無法認識自己。那種衝擊的力道，絕非是巨大海浪拍打著我的肩胛，而是整個生命航程完全偏離原來的方位。也許是穿越過地獄的火焰，也穿越過死亡的幽谷，重新做人時，已經有一個陌生的靈魂進駐在體內。最初到達洛杉磯時，有一陣怒火在內心谷底燒得特別旺，沒有誰可以撲滅它，澆熄它。只能任其燃燒，直到被燒成各種文字，才稍稍平靜下來。三年的時間，不長也不短，卻足夠讓一個全新人格誕生。如今，我正是要帶著這個靈魂，離開這陽光的城市。我無法預知自己能夠追求怎樣的方向，但朦朧中確切知道，體內的革命之火猶在燃燒。坐在貨車的駕駛座，向這個城市告別，如果說沒有任何感傷，那一定是在欺騙自己。縱然非常明白階段性的任務已經告一個段落，但我復讎的心願仍然等待實現。

美麗島人士被逮捕之後，一黨獨大的國民黨更加為所欲為。離開洛杉磯之際，台灣傳來十信案的信息。那時慢慢覺悟了台灣問題之複雜，捲入的經濟犯罪者都是國民黨內的台籍人士，他們對於美麗島事件置若罔聞，汲汲於個人利益的營私。他們寧可讓政治反對者入獄，也吝於說出任何一句正義的話。在反對者缺席之際，也正是獲利的最佳時機。我只能在政治議題上發表意見，對於經濟方面的黑暗事實，簡直無法置一詞。進入一九八〇年代以後，全球化浪潮持續襲來，創造了多少財富，卻都集中在少數人手中。面對如此全新的局面，我更加束手無策。變化多端的台灣社會使我感到陌生異常，從台灣傳來的消息隱約可以推知，整個社會正要邁向一個全新的繁榮時期。是否美麗島人士的犧牲，已逐漸為人們所淡忘？

選擇走五號州際公路北上，離城之前還經過好萊塢，那是兩個小孩曾經造訪的地方，尤其是環球影城（Universal Studio）更有他們難忘的記憶。而今帶著他們離開時，彷彿是讓他們的生命再次連根拔起，心裡有太多不捨。他們睜開黑亮的眼睛，注視著窗外風景，好像也是看著自己的童年生涯正要消失。他們保持高度沉默，全然不發一語，但是從他們的神情，卻洩漏了一絲難以言喻的惆悵。三年前，曾經讓他們割捨了西雅圖的朋友，現在又再一次讓他們嘗到割捨的滋味。他們好不容易在這個城市結識了幾位同伴，一夜之間他們都完全失去了。生命中發生過太多的告別，那是沒有選擇的選擇，卻也因此牽連著小孩的命運。我是多麼殘忍的一位父親，多麼自私，多麼絕情，我找不到任何為自己辯護的理由。

穿越公路的幾次盤旋，終於到達 Fort Tejon 國家公園。遠遠可以看見窗前是一片雪地，兩個小孩隔窗驚呼，似乎忘記了離別的愁緒。車子停下來，門啟處，寒氣驟然襲來，簡直是一個冬季的世界。旅居北美洲將近十年，卻始終無法確切把握大陸型的氣候。加州陽光特別豔麗，它被稱為Golden State，自然寓有兩層意義：一是指加州的金礦，一是指豪華的陽光。只要北上進入俄勒岡州邊界，氣候頓時變成千里陰霾。每當南下時，越過俄勒岡邊界高地時，一片金色的平原便展現在眼前。但在州境內部，其實也暗藏著氣候變化，就像在這高山的國家公園，雪地景象令人不敢置信。兩個小孩只穿著較厚夾克，在雪地上盡情奔跑。我的女兒Judy生性比較內向，微笑時帶著羞怯。她與她的哥哥Kenbo感情非常好，他們常常一起唱歌，一起遊玩。這位男生也頗知如何照顧妹妹，總是讓她頤指氣使，從未發脾氣。多麼希望他們永遠停駐在這樣的年齡，永遠不知道充滿煩惱的成人世界，我很少讓他們知道自己是從事怎樣的工作。

北上聖荷西，可以預見將開始另一種生活，不再有繁重的編輯工作，也不再有寫不完的文字。但是我很明白，每天書寫已經變成我生命的一部分。一枝筆，一份稿紙，一張桌子，就可容許我順利完成一篇文章。在洛杉磯時期，最繁忙的時刻，我總是同時寫兩篇文章。編輯部有兩位女性的打字員，她們在密密麻麻的鉛字盤上，準確找出正確的文字。她們打字的速度非常快，完全不容我有懈怠的時刻。因此，在寫政論之際，一旦書寫遇到瓶頸，我便立即轉換到比較軟性的文字，或者詩，或者散文，或者書評。在最短的時間裡，我的思考必須立即切換頻道，寫出較易入手的文章，可以讓打字員繼續持續敲打。處在那樣非常的狀況，我被訓練出同時寫出不同的文字，那也許是我生命中最瘋狂的時期。不僅自己的書寫到達巔峰，甚至也是大量閱讀的非凡階段。如果事先未曾涉獵報紙資料或歷史檔案，就不可能每週編輯報紙時，源源不絕寫出不同文類的作品。

這種瘋狂狀態，常常使內心的情緒緊繃著。那簡直是斯巴達式的訓練，讓自己變成一部寫作機器，任何一根螺絲都不能鬆懈。報紙中出現的短評、散文、詩、政論、歷史研究、文學批評，都出自同樣一隻手。那段期間，右手的類風濕關節炎常常不定期發作，卻都必須依賴過人的意志去克服。這樣塑造出來的人格，已經與一九八〇年之前的自己，前後判若兩人。在面對一個強悍的假想敵時，縱然那種暴力無法立即加諸我身上，我卻時時活在死亡的威脅之下。在某些神祕時刻，我不時會警醒自己，千萬不可鬆懈下來。如果我放下了筆，或者尋找藉口不再戰鬥，那麼島上那龐大的敵人就戰勝了我。或許那時患有一種被害妄想症吧，但無論如何，我無法原諒自己放下手上的筆。我不能不承認，那時似乎鍛鍊出一種傲慢的性格。而這種傲慢，未曾在我年少時期出現過。

離開洛杉磯，也是離開一個改造人格的城市。從西雅圖到達這個大都會之初，無論是地理景觀或人文環境，於北國的城市截然不同。西雅圖是一個四季分明的邊城，每當換季時，樹葉的顏色也是適時跟著變化。冬季面對冰肌玉骨的樹叢時，所有的枝幹看來是何等森嚴。洛杉磯是季節非常穩定的城市，冬季特別短暫，枝葉也保持常綠，容許我憤怒的心時時處在爆發的狀態。停留三年的期間，竟然寫出一百餘萬字以上的文章。幾乎可以說，那是一種變態的書寫狂。如果沒有那樣寫，也許無法走出政治事件的震盪，也無法掙脫林家血案所帶來的苦痛。書寫，可能是一種救贖的過程，也是跨過人格重塑的一道閘門。那感傷、脆弱、情緒性的自我，從此就徹底揮別了。北上聖荷西的路途上，內心深處仍頻頻向洛杉磯回望。

2

到達聖荷西那城市時，已是黃昏。相對於大都會洛杉磯而言，這其實是一個小城。我無法確知，未來的日子如何迎接我。但我確知我會在這裡停留很久，等待著可以回到台灣的機會。謠傳中的矽谷原來就在這裡，這是整個美國電腦研發的中心，也是高科技工程師的集散地。我住在北聖荷西，周邊有太多的電腦公司。每一座廠房，周圍都圍繞著綠蔭滿地的密林，看來就是像公園那樣，既乾淨又幽靜。我終於明白，為什麼會被稱為後工業時期。因為這是一個沒有煙囪、沒有藍領的工人，所有的進出者，即使是位階最低的技術人員，都是駕駛亮麗的轎車上下班。這是一個沒有空氣汙染的城市，只要站在城市高處便可極目遠方，完全不會受到遮蔽。因為內弟就在附近的電子公司擔任工程師，因為血緣關係而有了地緣聯繫。從租屋處可以看見遠方的舊金山灣，原來聖荷西位居舊金山灣的南端。

選擇居住在這個高科技的城市，其實也懷著一個心願，畢竟從聖荷西北上三十分鐘就可以到達史丹佛大學，一個小時也可到達柏克萊的加州大學。如果要繼續投入台灣歷史的研究，需要有完善的圖書館來支撐。史丹佛大學的胡佛研究中心（Hoover Institute）收藏了相當豐富有關東亞的書籍與雜誌，特別是關於日本帝國的研究，館內收藏更多。美國白宮的智庫，在一九八〇年代從華盛頓大學轉移到史丹佛大學。縱然美國是資本主義國家，卻對共產黨歷史的關注未嘗稍緩。尤其在冷戰時期結束後，中國決定展開改革開放的政策，胡佛中心更是密集地購置中國內部出版的書籍。對於帝國日本在韓國、滿洲、中國、台灣的擴張，他們對相關資料的收藏也毫不鬆懈。那時我正要開始研究殖民地台灣左派，能夠在聖荷西定居想必可以帶來極大方便。

柏克萊的加州大學擁有一個中國研究中心（China Study Center），這是非常具有權威的學術機構，陳世驤、夏濟安、張愛玲都在這裡做過研究。有關中共發展的歷史，中心總是保持高度興趣。我從未預料，聖荷西會變成我學術研究的全新起點。那時只存著一種私心，也許可以在這個地方完成自己的博士論文。但是一旦進入圖書館的書庫之後，豐富的藏書與報刊雜誌帶給我致命的吸引力。當我看到汪精衛時期發行的文藝雜誌，那麼完整羅列在書架上，我才察覺自己對日本殖民地的認識相當貧乏。之後又看見大量有關日本共產黨的史料，不能不使我嘆為觀止。學術目標轉移，便是在那段時期確立下來。鑽入台灣歷史越深，對於相關的知識與學問也產生更大好奇。命運是多麼無法預測，擺在眼前的道路也變成未知。但我確實知道，書寫已經成為我不可分割的生活。

定居下來後，便是孩子要去新的學校上課。小學三年級的他，也開始接觸歷史課程。有一天，他從學校回來說，明天老師要帶學生去聖荷西教堂（Mission San Jose），那是他們歷史教學的第一課。黃昏下課時，他從學校帶回來一個模型紙板，那是他的家庭作業。兒子說，必須要把這些紙板糊成一座教堂。當天晚上，看著他專注地坐在餐桌旁邊，把平面的紙板摺疊起來，最後果然變成一座小小的白色教堂。那時我才知道，美國小孩子的歷史課是那樣活潑生動。兒子抬頭跟我說，你知道這個教堂的來源嗎？我搖搖頭說，並不知道。他說，聖荷西是一位傳教士的名字，他建立起來的教堂並非只是傳道用的。從墨西哥來的旅人，有時也會投宿在這個教堂，這個城市便是紀念這個教士而命名。看著兒子娓娓道來，才讓我知道美國的歷史教育從來都不是靜態的，而是與他的生活密切結合起來。

原來他所受的歷史教育，便是以自己生活的城市作為出發點。不久之後，慢慢擴張去了解整個加州歷史。有一天他從學校回來問我，你知道舊金山的足球隊為什麼叫作四九人（49ers）？我搖搖頭，無法回答。他說，那是為了紀念一八四九年的淘金熱，因為在舊金山灣發現了金礦，許多東岸的白人駕著篷頂馬車來到加州，從而帶動了整個西部開發史。稍長之後，他也開始閱讀華盛頓州與俄勒岡州發展的歷史。直到他讀五年級的時候，才開始讀有關清教徒乘坐五月花到東岸的移民史。這是一種同心圓的歷史教育，以學童所居住的城市為中心，然後慢慢開展他們的歷史觀。對他們來說，歷史與他們個人的生命緊緊聯繫在一起。隨著年齡的成長，便不斷開拓更寬更遠的歷史視野。因為與他們的生活息息相關，所以他對歷史知識總是覺得非常有趣，深深吸引他們的好奇心。

那使我不免感嘆，台灣的歷史教育是那樣無趣，那樣遙遠，又那樣沒有生命力。尤其自己從歷史系畢業，對於那種僵化的背誦方式，即使遠在海外也還是深惡痛絕。我們的歷史起點是從虛無縹緲的黃帝傳說開始，是否真有其人，到今天我還深深懷疑。我稍長之後的歷史知識，便是從先秦、漢、唐、宋、元、明、清，這樣一路閱讀下來。進入民國以後，開始充滿各種政治禁忌。那些歷史知識不是客觀的存在，而是主觀地由當權者規範下來。我終於明白，為什麼台灣學子那麼痛恨歷史。因為他們所學的知識，與個人生命毫不相干。學習歷史，為的是學習如何服從政治權威。美國的小孩恰恰相反，他們是在日常生活中，逐漸建立時間觀與歷史觀。而那樣的時間，夾帶著具體的空間感，所學的歷史知識，都與他們的生命有著千絲萬縷的聯繫。

從聖荷西教堂回來的兒子，似乎一直停留在興奮的狀態。他說，那是一個非常巨大的教堂，整面牆都是白色的。又說，教堂後面就是墓園，埋葬著教士與教徒。他談到墳墓時，完全沒有任何恐懼感，好像是在談隔壁鄰居的事那樣。那大概是他生命裡，第一次接觸到生與死的問題。身為父親，我不能不對這個孩子另眼看待。他所學習的不僅僅是歷史知識，也同時吸收了地理知識，而且在無形中，也接觸了一些生命哲學。孩子在建立他的歷史觀之際，似乎我的歷史研究也正在發生劇烈的轉變。

我不知道自己會在聖荷西停留多久，那時我都計畫著隨時可以回到台灣。日子是那樣不確定，但我不可能為了等待而鬆懈下來。我慢慢養成習慣，每週至少有兩次去史丹佛大學的書庫，並且把珍貴的藏書借出來，重新理解台灣歷史。冥冥中，在歷史紀錄裡常常遇到一個熟悉的名字，那就是謝雪紅。這是謠傳中的一位女性，但是沒有一個人可以明白她故事的全部。未知的謝雪紅，在二二八事件過程中的報導，不斷浮現出來，但是沒有一個人可以告訴我完整的故事。在不同的城市之間旅行時，不時有人提起她的名字，彷彿她就是二二八事件中的靈魂人物。總是有一個意念不斷出現：是不是需要為這位歷史上的女性寫一部傳記？我沒有確切的答案，但是她所散發出來的謎樣氛圍，深深吸引了我。

豔陽照在柏克萊

1

第一次到達傳說中的柏克萊，才知道那是非常平凡的小城市。從舊金山跨越海灣大橋（Bay Bridge），可以看見遼闊的海域。其實那是舊金山灣的海水，平靜無波，在陽光照耀下反射出無數點點的光。這美麗的港灣，容納了我漂泊的心，也容納我許多的憧憬。暫時離開政治運動，並非意味著與台灣疏離。恰恰相反，我決心投入台灣文學的研究。那是一九八四年的夏天，鄉愁比任何時期還要濃厚，而文學閱讀成為我排除鬱悶的一個出口。

在大學與研究所時期，現代詩於我是一種致命的吸引力。因為詩，我也被引導去關切小說與散文。我的一九六〇年代，是美學養成的最初階段。每當回顧時，總覺得自己是受到祝福的讀者。一九六五年進入輔仁大學歷史系時，也正是李敖主編《文星》被迫關門的一年。猶記得白先勇的《謫仙記》、王文興的《龍天樓》、歐陽子的《秋葉》、楊牧的《葉珊散文集》，都在我大學一年級時獲得閱讀。而余光中的《逍遙遊》，也羅列在我的書架上。一時多少豪傑，同時進入我年少的心靈。那年我十八歲，正在練習雙軌的思維，一方面朝向古典，一方面面對現代。古典是歷史，現代是文學。兩種截然不同的閱讀方式，撐起了我的青春歲月。

於我而言，歷史訓練在於強調事實的追索，而文學閱讀則在於耽溺虛構的想像。那時常常坐在歷史系的教室，孤獨地在詩行之間徘徊。有些同學往往投我以好奇的眼光，覺得我不應該走歷史系這條路。對於他們釋放出來的疑惑，我毫不以為意，畢竟這兩種不同的思維，並不違背我浪漫的脾性。十八歲是屬於夢幻的年代，在內心深處不免膜拜著多少理想，而且一個也不放過。最初我頗著迷於徐志摩的詩行，也著迷於胡適的白話文。在書架上厚厚四冊的《胡適文存》，幾乎是我每天的讀物。我酷嗜胡適的文字技巧，可以把艱深的經典明白解釋出來。那時有一個願望，希望自己寫下的每段文字都是清晰可辨。

後來我所書寫的鋼筆字，其實是模仿胡適的筆跡。看到他飄逸的簽名式，更是心嚮往之。或許這是我雙子座的性格，不同的價值，不同的思維，不同的美學，可以同時並存在我的閱讀裡。過了兩年，當我進入二十歲，整個心情便逐漸向現代主義文學傾斜。我仍暗自膜拜胡適，卻把更多的時光投入現代文學的閱讀。不僅開始蒐集過期的《現代文學》季刊，也不斷蒐集過期的《藍星》與《創世紀》。當時的住處就在漢口街的巷子裡，很快就可以到達另一端的武昌街。在明星咖啡屋前面擺著書攤的周夢蝶，便是我常常造訪的對象。從他那裡，我購得許多詩集。早期的《瘂弦詩抄》，鄭愁予的《夢土上》，周夢蝶的《還魂草》，以及當時出版不久的洛夫《石室之死亡》，陸續從周夢蝶的書架移到我閣樓的書架。我與周夢蝶的對話很少，但每次我出現時，他便立即從架上取出詩集給我。那應該是我最早的現代文學教育，已經為我的生命做了強烈暗示。

整個大學時期，從未出現過台灣文學或台灣歷史的概念。我所接受的教育體制，其實都朝向著古典中國。在星空下，捧讀現代詩與現代小說時，並未察覺字裡行間所流動的台灣性。那時我確實是體制教育所形塑出來的典範，明明都是屬於台灣作家，冥冥中卻認為那是中國文學的一部分。在海外漂泊將近十年之後，我終於能分辨台灣性與中國性的差異。文化認同的覺醒，台灣意識的浮現，使我可以對過去所受的教育給予全新的定義。經由黨國教育所灌輸給我的中國意識，畢竟都是屬於虛構。經過了政治運動的洗禮，我重新省察受教過程中所帶來的謬誤與陷阱。從知識上、文字上所獲得的認同意識，完全沒有任何物質基礎來支撐。

在成長時期所接受的文學教育與歷史教育，都原封不動從當權者的思維移植過來。

歷史與文學的知識，必須與其社會維持不斷的互動並對話。在海外我常常質疑自己，我所研究的宋代歷史，要與怎樣的社會進行對話。我已經失去了年少時期對宋代歷史的熱情，或許也不只是對宋史感到疏離，而是對整個中國歷史教育徹底幻滅了。我的學術典範不再是朝向中國，畢竟面對那古老的亞洲大陸，竟產生一種可怕的陌生。尤其在那段時期，我開始細讀吳濁流《亞細亞的孤兒》，可以深深體會小說中胡太明的失落感。這位殖民地時期的知識份子，在台灣，在日本，在中國，都找不到認同的依歸。這位小說人物可能是虛構的，卻可以與我的魂魄產生一定程度的共感。我常常這樣假想，攤開一張龐大的亞洲地圖，可以看到一個孤獨的身影，在地圖上踽踽前行。胡太明所處的時代，台灣是殖民地，日本是帝國，中國是軍閥割據的土地。他找不到認同，簡直就是一種宿命。

台灣意識的萌芽，與我在海外的流浪旅路，幾乎是同步發展。離開故鄉的土地越遙遠，望鄉的焦慮就越灼熱。我所持的中華民國護照被取消之後，台灣形象更清晰地浮現在我內心。強烈的文化認同，也是在那飄盪的時期益形成熟。台灣意識不再是抽象的名詞，而是具體存在於我的思考與言行。當我重新捧讀一九六〇年代的現代詩與現代小說時，無須經過爭論，我逕自以台灣文學為這些作品命名。這種意識的覺醒，自然而然使我站在陳映真的對立面。

這位我曾經崇拜過的小說家，從不承認台灣文學的存在，而是不辭辛勞地將之稱呼為「在台灣的中國文學」。那是我與陳映真展開一連串論戰的起點，卻也是我投入台灣文學研究的開端。我的歷史觀與歷史解釋確立之後，台灣文學的閱讀就成為我生活中不可分割的一部分。在多少聖荷西的深夜裡，總有一個意念環繞在我的思維。那時已經動念要撰寫一部台灣文學史，僅僅只是動念而已，竟不只一次讓我的靈魂發生震動。

夢想寫出一部台灣文學史，是我生命中的重大決定。縱然當時已經開筆撰寫《謝雪紅評傳》，但我所懷抱的野心，比這部女性傳記還要龐大。我深深覺悟，對台灣政治歷史流變不夠熟悉的話，就無法寫出台灣文學發展的曲折變化。一個大量閱讀的偏執狂，慢慢進駐生命裡。旅居在聖荷西的初期，總覺得靈魂處在無止盡的騷動之中。可能是因為才離開政治運動不久，無法為自己的精神與思考找到定位。內心有一股強烈的拉扯，掙扎著是否要回到西雅圖去完成博士論文。生命航線偏離原來的方位之後，所有的風向與水流已經全盤兩樣。那時已經蓄積足夠的能量，決心為台灣歷史與台灣文學展開書寫計畫。而博士論文是一樁未了的工程，不時挑戰著我敏感的神經。

2

驅車進入柏克萊那小小城鎮時，心情已經微近中年。傳說中的城市，曾經是一九六〇年代嬉皮（hippies）的集散地。轉彎進入電報街（Telegraph Ave）時，空氣裡淡淡瀰漫著一股大麻的煙味。那種近乎香氣的味道，帶著迷人的召喚，彷彿引導著靈魂進入一個神祕的一九六〇年代。當年，美國反叛詩人金斯堡（Allen Ginsberg）便是活躍於舊金山與柏克萊。還未出國之前，便已經聽聞他的名字。只是不知道他寫詩的內容，只知道他與歌手巴布・狄倫（Bob Dylan）的感情非常密切，曾經有過數度的同台演出。已經進入一九八〇年代，仍然可以看到許多衣服簡單的青年，打著赤腳走在人行道上。那樣的景象，彷彿是舊片重演，讓我感覺更貼近歷史的情境。

到柏克萊，其實是為了尋訪舊書店。曾經以左翼批判理論聞名的加州大學校園，就在電報街坡上的盡頭。整個小鎮看來就是一個平凡的中產階級城市，梧桐葉的蔭影覆蓋了整條街道，只有馬路中間反射著強烈的豔陽。人行道上總是坐著幾位滿腮鬍鬚的中老年人，他們都是過氣的嬉皮，不知是眷戀著過去的反叛年代，還是他們已經習慣波希米亞式的生活。他們盤腿坐在那裡，矮桌上擺著他們所做的手工飾品，從項鍊到耳環，鑲著各種顏色的寶石，頗能引起路人的注目。他們不時抽著大麻，使整個街道氣味籠罩在古典的一九六〇年代。我未能趕上那個時代，但是那時候所流行的反戰歌曲，我卻相當熟悉。

我不免是懷舊病者，從大學時期到研究生的年代，確實曾經沉浸在那些反戰的旋律裡。電報街上有兩家販售舊唱片的商店，走進去之後令人瞠目結舌，彷彿那是一個唱片圖書館。許多黑膠唱片分門別類置放在不同位置，依照歌手的名字，順著英文字母羅列起來。所有我偏愛的歌手，都有相當完整的收藏。這正是柏克萊最迷人的地方，可以強烈感受到時間的色澤，每一個時期流行過的音樂也彷彿在店內起伏飄揚。聽到那熟悉的歌聲，整個記憶與情緒立刻被拉回六、七〇年代的台北盆地。從來未曾預知到達柏克萊，竟然勾引了我濃厚的鄉愁。一種奇異而不搭調的鄉愁。僅僅聽到反戰歌手的聲音，就好像被電流貫穿全身，立即聯想到大學時代曾經有過的激情與濫情。

我來柏克萊，其實不是為了懷舊，而是來尋找左翼的批判理論書籍。在洛杉磯時期，慢慢被左的思考所吸引。在華盛頓大學修過俄國史與英國史，對於二十世紀歐洲的左翼運動逐漸產生興趣。但也只是停留在興趣而已，並不曾在思考裡形成風暴。如果沒有與許信良共事，如果沒有與史明相遇，我的心情可能還佇留在平靜無波的狀態。讀完史明的《台灣人四百年史》，整個思考模式急遽向左轉彎。思維方式的轉變，從來沒有像那段時期那樣，產生一種蝕骨刺痛的決裂感。如果生命接受過革命的洗禮，那麼左翼思維的薰陶就是重要關鍵。對某些知識份子，左派可能是一種風尚，或甚至是一種時髦。特別是經過釣魚台運動之後，不少留學生也情不自禁跟著崇拜左翼思考。我很清楚，他們並不是左派，而是一種對中國的變相崇拜。那時我逐漸釐清，中國共產黨獲得政權之後，就已經失去了左派的理想主義。在毛澤東的驅使下，縱然展開前所未有的反右運動，他們所展現的鬥爭模式完全偏離左派精神。

柏克萊是我知識再啟蒙的一個重要據點，如果洛杉磯是我投入台共歷史的起點，這個小城應該是我探索左派思想的延伸。電報街上，有兩家舊書店，歷史相當悠久，一個是Moe's，一個Shakespeare，是窮學生的出入之地。所有舊書店的書籍排列都非常有系統，好像是圖書館那樣，依照分類羅列著舊書。他們把舊書看得相當珍貴，每本書的扉頁，都會標示是否絕版。若是絕版書，他們會以鉛筆寫op兩個字母，代表著off print。這反而可以抬高書的價格，也很有可能成為搶手的書籍。在Moe's書店，有一排書架屬於cultural studies，與左派思想相關的理論書籍大約歸類於此。一九六〇年代左派運動的精神領袖馬庫色（Herbert Marcuse），出版了許多煽動革命的理論書籍。這位被稱為佛洛伊德左派的知識份子，是日後帶領我涉獵文化研究的重要作者。最初在西雅圖閱讀《馬克思選集》時，發現自己太過拘泥於上層建築與下層建築的辯證思維。常常陷入生產工具與生產方式的無謂辯論中，太過於強調「左」的立場。我在洛杉磯研究台灣左翼運動時，也還是非常拘謹地遵守正統馬克思主義的思維方式。柏克萊使我在思考上發生變化，反而可以更活潑地從左派立場看待文化議題。

後來我才知道，馬庫色的書籍已經翻譯成中文而流傳於台灣。最初走進那樣龐大的舊書店時，覺得好像走進一座迷宮，不知道從哪裡開始。後來在電梯旁邊的牆壁上，看見一張標示，才知道各個樓層集中特定議題的書籍。二樓是屬於 Literature and Literary Criticism，那正是我在尋找的區域。依照作者名字的字母順序，從A到Z羅列起來，那真是非常壯觀的書架。我第一次閱讀惠特曼、梭羅、狄董遜、佛洛斯特的詩集與散文，都是在這家書店購得。從來並不知道，這家舊書店就變成我後來的朝聖之地。彷彿在學院之外，我又另起爐灶，重新為我後半生的知識追求再次升火啟航。對於美國這個年輕的民主國家，常常遭到東方人的嘲弄，認為這是沒有文化深度的地方。但是一旦涉入文學閱讀之後，才訝異地發現，這是人文修養相當深厚的寶地。中國歷史很長，卻非常輕視人文精神。而美國歷史甚短，卻對人文精神的塑造與培養非常重視。

柏克萊街道綠蔭甚濃，過濾了陽光之後，行人道上投射著點點金光。海風從坡下襲來，即使在鬱熱的夏天，仍然吹送著涼意。懷抱著新購的舊書，整個心情簡直是從一座寶庫走出，充滿了快意。那時非常羨慕柏克萊的學生，遙遙可以承接一九六〇年代的學生運動，也可以感受 Allen Ginsberg 遺留下來的傳說，更可以聽到就近唱片行播放出來的 Bob Dylan 的歌聲。偶爾大麻煙味迎鼻而來，好像要把路過的行人帶回當年反戰的氛圍。路過一家咖啡店時，小小桌椅就擺在門口的人行道牆邊。我情不自禁坐下來，點了一杯美式咖啡，悠然翻閱起手上的書。望著街道上的豔陽，似乎所有路過的人與車，看來並不那麼真實。那是我到美國之後，節奏最為緩慢的時刻。我並不覺得柏克萊是一個烏托邦，只是坐在那裡看書時，另一種人格隱然在體內慢慢形成。

身為台灣知識份子，享受著這片刻的時光，不免會產生一種罪惡感。想起在洛杉磯工作時，每天都是戰鬥的時刻。從閱讀報紙到收集資料，從文字書寫到週報編輯，幾乎是分秒必爭。尤其是週三、週四，往往工作到深夜，有時甚至到清晨，整個神經緊繃著，深怕在什麼時候會斷了線。到達柏克萊，進入一個全然不同的情境，彷彿跟整個世界絕緣，自有另一套生活秩序。就像一般學生那樣，穿著短衫短褲，套著一雙拖鞋，漫遊在陽光照射不到的樹蔭下。品嘗咖啡時，相當奢侈地回味每一口啜下的香氣。是誰允許我可以這般悠閒？是什麼環境容許如此緩慢的節奏？坐在那裡，聯想到美麗島事件、林家血案、陳文成命案，我對於這樣的漫步方式，覺得非常不可思議。

照在柏克萊的陽光，投射著我無法歸鄉的苦澀。每次想到北半球的東方海島，立即可以感受一道陰影遮蔽了我的望眼。我不敢期待自己什麼時候可以回到故鄉台灣，那時只是暗自鼓勵勇敢活下去，等待恰當時間的浮現。我非常明白，如果有一天可以回到故鄉，絕對不可以空手回去。我必須讓內心的意志，如一條傲慢的鋼索，可以承受種種突如其來的挑戰，或者準備好如何迎接人生的下半場。如今回望時，才察覺柏克萊是我生命中的一個隱喻。那不是中繼站，也不是久留之地，而是我朝向台灣航行的另一個起點。我的行囊裡必須備足充分的糧食，也必須蓄積旺盛的勇氣。回鄉的旅程注定是孤寂，荒涼，苦澀，無論多麼艱難，都必須單獨走下去。謎底還未揭開之前，還有多少險惡繼續浮現，那是我所不知道的。我僅有的清楚答案是，準備好健康的體魄，以及永不停止的書寫。時代是那樣絕情，唯一能夠信任的，是我蒼涼的靈魂。在那時刻，柏克萊陽光是最好的見證。

紐約・一九八五

1

在曼哈頓的摩天大樓叢林裡，向上仰望時，只剩下狹窄的天際線。幾何圖形的高樓，把天空切割成不等邊的方塊。像我這樣的異鄉人，就像飛蛾那樣投入巨大的網，彷彿不再留下任何蹤跡。這龐大的都會，幅員比洛杉磯還小，人口卻密集了許多。美國的現代都市往往都是屬於不同種族的集散地，西岸的移民基本上是墨西哥人居多，再加上遠洋而來的亞洲移民。紐約的主要種族是黑人與古巴人，以及來自歐洲的移民，其中以愛爾蘭人最多。我到達的那個夏天氣溫特別炎熱，街上的行人穿著都很簡單，似乎肌膚多露了一點，就會覺得涼快一點。

走在街上，我這個黃種人的體格就顯得特別矮小，但這是一個友善的城市，對於陌生人並不構成任何威脅。

我受到陳文成紀念基金會的邀請，前來這個城市討論一份文化月刊的發行。對海外台灣人來說，陳文成是一個傷痛的名字。一九八一年夏天，他帶著妻兒返台探親，竟遭到警總約談，稍後被棄屍於台大校園。這個事件震懾了所有台灣留學生的心靈。在《美麗島週報》期間，我以悲痛心情寫下無數文字紀念他。那時非常擔心來美讀書的台灣人，是不是從此會變得更加冷感。我寫下那麼多文字，為的是讓海外知識份子從此不要退卻。陳文成死後，我才開始認識他。生前他有一個綽號「大牌」，足夠強烈暗示他大開大闔的性格。那麼年輕就已經是卡內基大學的數學教授，如果天假以年，他在學術上的發光發熱，自是可以預期。然而不然，就因為政治信仰而淪為劊子手的受害者。他的遇害，正是我們這個世代的共同命運。

在紐澤西一位朋友的家裡，基金會成員圍繞著長桌坐下，總隱約覺得陳文成坐在我們中間。窗外是平靜的紐澤西陽光，襲入窗口的微風淡淡帶著哀傷。我總相信，他的脾性與我頗為接近。尤其他喜歡閱讀魯迅，在性格上應該有某種程度的相通。會議前，他的妻子陳素貞特地前來寒暄致意。這是一位勇敢的女性，曾經在美國國會出席聽證會，表示國民黨在美國校園派遣的間諜特別猖獗。她的證詞使美國國會議員感到震撼，只因為揭露了台灣強人統治的真實面貌。她進來時，靦腆地對我微頷問候，卻不發一語。她哀戚的面容，流露一股高貴的氣質，顯然她無法接受這樣的打擊，而且也並不因此而垂頭喪氣。她的姿態，就是無懼任何威脅。她已經失去丈夫，但她不會失去自我。陳文成未能完成的，她願意持續實踐下去。會議決定要發行一份雙月刊的雜誌，命名為《台灣文化》，同時正式邀請我擔任這份刊物的主編。

回到紐約時，跨過赫德遜河，蒼茫夜色更加彰顯城市燈光的燦爛。遠遠望去，高低不等的大樓釋放出來奪目的光線，彷彿是巨大的晶瑩寶石。我一直覺得，紐約城市就是一個帝國。那不僅僅是人文薈萃之地，全世界最美好的藝術，都優先送來這裡展覽。從百老匯歌劇到美術館作品，只有紐約市民可以最早看到。他們是全世界的第一排觀眾，我以異鄉人的身分參加他們，卻完全抓不到城市的節奏。那時的心情仍然無法解開，才只跨越三十歲，心情顯得特別蒼老。我所背負的命運，簡直與帝國紐約全然格格不入。豔麗的城市之光，照射不到我內心的角落。生而為台灣人，總是有放不開的歷史重擔。經歷過美麗島事件，林家血案，陳文成命案，盧修一事件，讓我在短短數年之間，再也不能卸下過剩的情緒，提早被迫走入中年。站在帝國大廈前面，我只是一粒小小的塵埃，浮沉在天羅地網的霓虹燈夜色裡。

站在人行道上，靜靜看著車輛疾馳而過，整個城市的車水馬龍，載不動心情沉重的我。

那時我只思考，如何以一個人的力量編輯這份雙月刊。承諾接手這份文化雜誌，便是一個重大的挑戰。在《美麗島週報》時期，人手就已經非常匱乏，如今只剩下我一個人，面對即將誕生的刊物。隻身孤影在海外流浪，就必須學習如何單獨消化所有的愁緒與悲涼，而且也要學習，讓負面情緒轉化為前進的動力。到達紐約時，我三十八歲，卻已經嘗盡中年時期的苦澀。投入政治運動以後，只能選擇在最寂寞的時間裡，靜靜反芻著各種苦痛，也靜靜蓄積著更多的勇氣。在紐約那巨大的城市，我更加看清楚未來的道路。擺在我面前，是一條沒有終點的旅程。距離故鄉越來越遙遠，距離夢想也越來越渺茫，我別無選擇，只能傲慢地走下去。

在這怪獸般的大城市裡，我只認識畫家朋友謝里法。他住在格林威治村的一間大倉庫裡，在空間一角他隔成自己的畫室。睡床也置放在牆角，總覺得他過著一種波希米亞式的生活。在巴黎學成之後，他決定住在紐約。也只有這個文化多元的城市，才能容納隻身漂泊的他。他的居室就座落在赫德遜河旁邊，從窗口可以看到沿著河岸架高的公路。打開玻璃窗，洶湧的市聲及時湧進，不得片刻安寧。在這樣喧譁的環境，他依然能夠靜靜作畫，絲毫不影響他自己的藝術追求。他擅長做版畫，沉溺在台灣鄉土的嚮往裡。那段時期，他的畫作常常以雕塑家黃土水的水牛為主題，構成他親手做出腐蝕畫的版面。那種質樸的色調，與紐約大城格格不入，卻相當精確折射了他內心的鄉愁。

停留在他住處的兩個晚上，與他說了許多話，都圍繞著殖民地台灣的歷史。他在一九七八年所完成的《日據時代台灣美術運動史》，已經成為我這世代的一個典範。這本書的焦點集中在殖民地時期的台灣畫家，容許我窺探台灣知識份子是如何接受知識養成，如何建立自己的人格特質，又如何為台灣社會留下一流的藝術作品。那段時期我只關注台灣的左派運動，對於文學與藝術仍停留在隔閡狀態。他的歷史書寫帶給我巨大的衝擊，使我清楚辨識歷史潮流的升降。記得在夜晚與他討論時，我說出自己的心願，希望有一天也能夠寫出一部日據時代台灣文學運動史。兩人所關心的領域，並不全然相同。但是對於歷史記憶的重建，則抱持同樣激切的心。到今天，我仍然難以忘懷赫德遜河畔的夜談。在那樣的遠地漂泊，我們的心靈座標卻定定朝向海島台灣。

鄉愁，往往使歷史感特別濃厚。謝里法整理殖民地時期的台灣美術運動史，恰好可以證明，望鄉的海外浪子，總是希望能夠從歷史建構尋找自我的文化認同。他完成的那本美術史，對我們這個世代帶來非常深厚的時間意識，同時也帶給我們強烈的文化認同。早在一九七八年，亦即美麗島事件發生之前，就寫出那麼深厚論述的歷史解釋，對當時鄉土文學運動、草根民主運動的參與者，具有某種歷史定位的作用。我在海外捧讀時，也受到很大的啟發。在美麗島事件之後，我也蓄積了一些撰史欲望，希望自己早日也可以建構台灣史觀。我一直把謝里法視為兄長，彷彿他走在前面為我提燈開路。我後來會投入《謝雪紅評傳》的書寫，紐約之旅應該為我點燃了火苗。談到深夜之際，我們都不敢確定何時回到故鄉。我是被迫流亡，他則選擇自我放逐。在陌生的大都會討論台灣歷史，似乎覺得虛無縹緲，卻為自己飄浮的心情帶來穩定作用。

2

第二天，他推薦我去參觀現代美術館（Museum of Modern Art，簡稱 MOMA）。對於西方美術史，我其實是相當無知，更別提二十世紀之後的美術發展。長期關在書齋裡，完全被東方史觀鎖住，阻擋了我思想觸鬚的延伸。那天走進現代美術館時，簡直無法形容內心所產生的波動。在美術館大廳，果然看見了最完整的安迪・沃荷（Andy Warhol）作品。傳聞已久的畫家，在我眼前展現出來。他說過最有名的一句話是：「有一天，人人都可以成名十五分鐘。」這項預告，果然成真。在有生之年，他已經看見未來媒體的發展。資訊傳播的迅速，大量複製的現象，使得沒沒無名者找到成名的途徑。當時，我並不全然理解這句話的意義。看了他的畫作之後，不能不相信他所言不虛。

這位提倡大量複製的畫家，是帶領美國藝術走入後現代的關鍵人物。他擅長製作知名人物的版畫，相同的意象以不同的顏色呈現。最有名的肖像，便是瑪麗蓮．夢露與毛澤東。走進美術館的大廳時，一幅巨大的罐頭畫占據了整片牆壁。他畫的是康寶湯（Campbell Soup）的罐頭，簡直無法辨識各個罐頭的差異。但那竟是他的經典作品，相當精確反映了美國中產階級的日常食物與生活習慣。那時我並不知道，什麼叫作後現代。只覺得他作品的畫面相當扁平，沒有任何立體感。習慣了梵谷或畢卡索畫作裡的光影，我一時無法接受安迪．沃荷的表現手法。只憑藉一張攝影底片，他就可以翻拍成各種不同顏色的肖像。這樣的表現手法，我一時很不習慣。到達紐約，讓我第一次認識了什麼叫作後現代藝術。

後現代是對古典與經典的背叛，也是對現代藝術的解構。安迪．沃荷的畫作，是對過去所有典範舉起告別的手勢。當時望著畫布的扁平意象，甚覺無趣。總覺得藝術畫作應該是有光影對照，也應該有一種遠近的透視，使人像或靜物看來是立體的。至少要像梵谷那樣，讓畫布上的顏料鮮豔欲滴，每一道光線，每一道陰影，都注入了畫家的生命力。安迪．沃荷的作品，簡直顛覆了我的美感。整排重複的人物肖像，只有顏色的變化，攝影底片的構圖則完全不變。即使是畫家本人的自畫像，也只利用臉龐的陰影，做各種不同顏色的呈現。我必須承認，那時站在空曠的廳堂，全身感到非常不舒服。不免暗暗自問，我是不是思想激進而行為保守的人？面對後現代的作品，一時不知如何自處。佇足在那裡，我徬徨了許久，希望給自己一個恰當的解釋。

從台灣出來的留學生，過於強調東方本位，也過於習慣傳統價值，從來不在乎西方世界的文化內容到底發生了什麼。尤其到達西雅圖之後，一方面急切地追求博士學位，一方面又過於關心台灣政治運動，反而自囚於一個孤立的世界。即使內心充滿了批判精神，卻無法擺脫台灣制式教育的模型。已經來到了美國社會的現場，卻未嘗對外在世界的變化付出任何關心。我終於走到現代美術館時，才第一次承受了巨大的文化衝擊。長期以來所養成的美學觀念，簡直搖搖欲墜。站在那裡，我無法解釋自己的心情。美國社會已經邁入後現代，我的價值觀念卻還是停留在前近代。內心深處的什麼地方，正在釀造驚濤駭浪，擊打著我的胸口。

到達最遙遠的大都會，也許是我離開政治運動之後的起點。那時站在帝國大廈的頂樓，我終於目睹整個曼哈頓島的雄偉。朝北站立，可以望見綠蔭蔥鬱的中央公園；朝南眺望，那筆直的雙子星大樓就矗立在眼前。看到那繁華世界，意志似乎有些動搖。我的性格應該是適合住在這精采的城市，幾乎與雲層一樣高的大廈，就羅列在四周。曼哈頓本身就是一個現代建築的博物館，從大樓外觀的設計，大約可以推想每位建築師是如何極盡巧思，讓他們的野心公然呈現在世人眼前。每一座建築都是藝術品，陳列在狹長的島上。東邊面向大西洋，西邊則有赫德遜河隔開，傲視著田園景色的紐澤西。極目天涯，深覺自己離開台灣是這麼遙遠，而且遙遠得有些絕望。整個天地似乎已經遺忘我這漂泊之身，甚至故鄉台灣恐怕也早已遺棄這長久不歸的浪子。站在高樓望向雲天，驟然失去了所有的方向。

到紐約港乘坐渡輪時，似乎有一股躍動的力量在內心翻滾。有一個聲音不斷在體內迴繞，必須要重新出發，找到日後追求的方向。在沉思之際，渡輪已經快要到達自由女神像的小島。那是波濤壯闊的港口，船身不斷傳來浪潮拍打的聲音。有多少歐洲移民都在這裡上岸，當他們在海上眺望著高舉火把的女神雕像，恐怕內心也是暗潮洶湧吧。站在船首看見那巍峨的雕像，使年少時期的許多想像驟然得到安頓。在畫報上，在郵票上，在許多有關美國的報導，勝利女神的形象無所不在。就在親眼目睹的那個時刻，才知道那實體的藝術品遠遠比想像還要龐大。女神高舉的火把，象徵著風中不滅的希望。終於踏上那自由島時，便立即與海島台灣聯想在一起。這座女神是自由的象徵，對於我這輩的台灣知識份子，自由竟是那樣遙遠。對於台灣人來說，自由是遙不可及的夢想，是我年少以來追求的一個目標。在那小島上漫步之際，深深懷疑我的前輩、朋輩、後輩，是否能夠在有生之年嘗到自由的滋味。

站在龐大雕像的基座下，聽到潮聲特別喧囂。站在美國版圖的最東岸，放逐的感覺驟然變得非常強烈。十九世紀中期，愛爾蘭發生了大饑荒，有多少饑民沉浮於海，漂流到紐約港口。紐約市的人口，愛爾蘭移民居多，而且有關愛爾蘭的笑話也特別多。他們當年到達紐約港時，許多人非常失落，面容茫然。第一代移民並不知道，他們的後人就要迎接全世界最美好的城市文化。到達紐約時，最大的慶典聖派翠克節（St. Patrick's Day）已經過去。這是紀念一位大主教聖派翠克，如何把天主教傳播到愛爾蘭。據說他以苜蓿草的三片葉子，來解釋天主教三位一體的教義，很快就被愛爾蘭人接受。綠色的苜蓿草，就變成了愛爾蘭後裔的標誌。在這個節日，所有參加遊行的人都穿著綠色衣服，胸襟別著苜蓿草，來歡度他們自己的日子。我可以感受這個城市是各種移民的集散地，其中可能發生過種族歧視的案件，但基本上這個大都會總是以寬闊的肩膀，接納不同的種族文化。

我修過英國史，從而也注意到愛爾蘭的歷史。在英國國會，愛爾蘭問題（Irish Question）一直是重要的議案。作為英國的殖民地，愛爾蘭頗受屈辱。尤其他們所信奉的天主教，並不是英國國教所能寬容對待。在那孤島上，出現了兩位重要現代文學家葉慈（W.B. Yeats）與喬艾斯（James Joyce）。他們改寫了現代主義運動的文學軌跡，也使全世界的讀者不能不向愛爾蘭致以最高敬意。我不知道為什麼，站在勝利女神像的陰影下，不期然聯想到楊牧所寫的一首詩〈航向愛爾蘭〉。這首詩其實是楊牧對葉慈所表達的敬意，因為葉慈寫過一首〈航向拜占庭〉。對於漂泊在海外的台灣人來說，愛爾蘭其實是一個重要的隱喻。畢竟它的歷史與文化，都活在大英帝國的威權之下。這種景況頗像台灣的命運處境，我必須要旅行到那麼遙遠的城市，才在內心湧起了某種啟悟。離開了洛杉磯，我好像投入了星球之間的航行。面對著大城市，面對著大海洋，許多疑惑驟然之間匯集到我的胸口。我無法確知這種星際之間的旅行，不知道要到什麼時候才能停止下來。坐著渡輪回航紐約港時，整排雄偉的大樓浮現在我眼前，遠遠看去彷彿是海上長城。但我知道那不是我的歸宿，而是我長途旅行中的一個驛站。

城市之光

1

金門大橋（Golden Gate Bridge）的紅色鋼柱，矗立在舊金山灣的出海口。第一次接近它時，我才體會到什麼叫雄偉。到達那裡時，烏雲滿布，總覺得有一股寒氣強烈襲來。步行走到橋上時，抬頭仰望，紅色鋼柱插入亂雲裡。俯望海面的橋墩，才驚覺有萬丈之高。這是我夢中的城市，站在橋上眺望外海，不免讓我湧起魔幻的感覺。所謂魔幻，亦真亦假，亦實亦虛，驟然無法把握它的邊際。我第一次感受到生命的渺小，從來不知道鋼索是那樣粗壯。兩座橋墩之間所拉出的弧線，竟然顯出無法準確形容的剛硬美與柔軟美。人類可以創造出如此龐大的鉅橋，恐怕躲在雲層後面的上帝都要發出讚嘆。

那是多霧的港灣，裊繞的水氣在鋼索與橋面之間浮動。在美國西岸漂流如此久之後，金門大橋所帶給我的，竟然是帝國氣象。遠在西雅圖時期，近在洛杉磯時期，往往是天然風景打動著我的心。終於來到舊金山灣時，才發現人工建築與自然景觀的結合，竟是那樣無懈可擊。從高處眺望整座大橋時，流動的雲霧使整座橋忽隱忽現。我無法形容內心的震撼，似乎必須擁有兩倍以上的心胸，才可以承受那驟然襲擊而來的美。兩座鋼架之間所牽引的纜繩，反而呈現了柔美的弧度。我坐在山頭許久，海風不斷吹拂著衣袖，才慢慢體會了這座大橋的奧祕。那是剛硬與柔美的相互結盟，終於造就了這座大橋永恆的吸引力。

「如果你到舊金山，不要忘記在頭上戴著花……」這是我在大學時期熟悉的一首歌，即使不會唱出歌詞，也會哼出它的旋律。那正是我大學二年級的時代，對於西洋歌曲有一種莫名的著迷。那時年輕的心靈一直覺得舊金山非常遙遠，是我這輩子不可能到達的城市。那時才開始寫詩，對於定義不明的意象，或混沌模糊的想像，總會抱持某種嚮往。當年被鎖在最保守的空氣裡，常常對著遠方做不切實際的幻想。無法企及的城市，只能以詩的形式進入靈魂底層。未完成的，無法完成的，都是屬於詩的疆界。在那段時期，舊金山可能不是一座城市，而是某種靈感的變形。在口中默默念出 San Francisco，以唇音與舌音清脆念出時，竟產生奇異的音節，彷彿可以渲染成詩。

夢幻中的城市舊金山，以確切的形象浮現在遠處時，從海灣的出口回望，一座輝煌的城市在陽光下閃閃發亮。原來那不是夢幻，也並非永遠無法到達。我似乎在眺望著一九六七年二十歲的我，沒有任何苦痛，沒有任何折磨。那時寫詩，只要耽溺在幻想即可。舊金山並非是我選擇的城市，在時代浪潮的推湧之下，淪落成為流亡者時，卻忽然漂泊到達這裡。那時從未預期，在這座城外的未來十年，就要收留我徘徊的足跡。殘酷的現實讓我醒轉過來，我絕對不屬於朝聖的香客，而是不可知的命運把我帶到這裡，那年我三十八歲。

微近中年，走在華麗的街道，說有多惆悵就有多惆悵。對於台灣的知識青年，舊金山並非陌生的名字。尤其對於歷史系的學生而言，一九五二年的《舊金山和約》，必然都耳熟能詳。遠在東方的海島上，正在爭吵著「台灣地位未定論」，歷史根源就是來自這個城市。對我這輩人而言，舊金山其實又有另一個隱喻。這裡是美國年輕反叛者的聖地，尤其是反戰歌手巴布・狄倫（Bob Dylan）的名曲：〈Blowin' in the Wind〉（風中吹送），就曾經在這個城市演唱。他與嬉皮詩人金斯堡（Allen Ginsberg）同台，兩人互動形同父子，那已經成為一九六〇年代美國的經典記憶。這次前來，其實是要尋找一家充滿傳奇的書店，城市之光（City Light）。這家書店出版許多年輕一代的詩集，包括金斯堡的作品，便是從這裡傳播出去。

在茫茫的旅途上，就像沒有根的浮萍，隨著水流的方向四處停泊。我總是在這樣沒有終點的浮游之中，在心裡選擇了幾個座標，讓自己不致迷失。城市之光，就是其中的一個座標。就好像在演練幾何那樣，在點與點之間畫出一條虛線，為自己尋找定位。到達舊金山時，離開台灣已經超過十年，已注定是被故鄉遺忘的人，或甚至已經遭到遺棄。沿著哥倫布街，終於看到書店座落在百老匯街的交界處。遠遠看到店招時，好像是浮游在海上發現了孤島，心中不免湧起獲救的感覺。傳說中的書店不再是傳說，在歷史的盡頭終於找到方向。這是我漫長的流亡道路上，視為自我定位的一個座標。

走進城市之光的書店門口，迎面聞到一股強烈的書籍味道，包括新書與舊書。想像著當年有許多舊金山詩人在這裡進出，小小的書店一時容納多少豪傑。書店的地下室是屬於舊書區，一樓則是新書區。從木梯爬上去的二樓，羅列的全部都是詩集。很少看到有任何書店如此看重詩人的作品。畢竟這家書店便是以詩集聞名，詩人金斯堡曾經多次進駐在這裡。城市之光的特質，便因此而彰顯出來。我想像著一九六〇年代的嬉皮在這裡出入時，想必也帶著濃烈的大麻煙味，為那個反叛年代留下鮮明的標誌。當時的美國年輕人被派駐到越南戰場，進行一場毫無意義的鬥爭。多少年輕的靈魂，在遙遠的中南半島陪葬。如果要為那場戰爭給出定義的話，無非就是在誇示美帝國主義，如此而已。楊牧在那段時期所出版的散文集《年輪》，便是對美國發動的戰爭表達強烈抗議。

我相信楊牧也必定造訪過這個書店，想像著他驅車跨過海灣大橋，從柏克萊到達這迷人的城市。在詩集的書架前，大概也有他徘徊的身影。十餘年後，流亡者如我，帶著朝聖的心情也到達閣樓一般的詩房。從書店二樓的窗口，可以看見舊金山街道的繁忙。人行道上的過客走路特別匆促，那種速度感讓我覺得非常陌生。傳說中的城市，神話般的高樓，一定不會察覺一位陌生的流亡者之舉步維艱。我僅是一隻飛蟲，闖入了棋盤式的街道網絡。翻閱詩集之際，不免想起大學時熱門音樂裡的舊金山形象。〈San Francisco〉那首歌，盤據過我年少時期的心靈。那時正是我對現代詩最狂熱的階段，走過校園時牛仔褲後的口袋，一定塞著一本詩集。在漫步之際，也哼著蹩腳的英文歌詞：「If you are going to San Francisco」。如今到達這個城市時，許多遺忘的感覺又再度回來，無端浮起了濃烈的鄉愁。那是非常奇異的感覺，鄉愁應該是來自台灣民謠，而我卻因為英文歌曲而對故鄉產生無可壓抑的懷念。這似乎有些嘲弄，但又是那樣自然。或者更精確地說，我這世代的知識青年，完全是被美式文化薰陶出來。如果被指控崇洋媚外，或是喪失民族自尊心，我也許無法自我辯護。然而，我就是在那樣的政治條件下，逐漸累積個人的世界觀與文化觀。經由那樣的洗禮，我與台灣土地的感情顯然是疏離的。對於這樣的成長過程，我從未認真思考。終於在遠離台灣之後，遠離我的青春時期，遠離黨國的制式教育，我才看清楚自己的身分。我必得承認過了半生，旅行了半個地球，我才發現台灣。

面對著二樓滿牆的詩集，龐雜的舊時記憶從四面八方匯集過來。那時無法解釋，為什麼戰爭意象突然變得特別鮮明。只是因為舊金山是美國青年反戰運動的重鎮嗎？或是因為反戰歌曲的旋律盤旋在內心，讓自己又回到大學時代的歲月。那時走過輔仁大學的校園，牛仔褲背後的口袋塞著一本洛夫的《石室之死亡》，卻被詩集中的死亡意象所苦惱。因為看不懂這本詩集，卻使得某些詩行竟然長久進駐在我的靈魂裡。詩行之間流淌著鮮血，也浮沉著棺材的意象，卻使我百思不得其解。站在詩集書架前面，那年被苦惱的感覺又再次纏繞在我的思維裡。在六〇年代末期，台灣也被拉進越戰的漩渦。那時可以閱讀的反戰詩，大約就是洛夫的《西貢詩抄》，以及余光中的兩首詩，〈雙人床〉與〈如果遠方有戰爭〉。反戰的議題對二十歲的青年來說，不免太過沉重。從前無法理解的詩行，竟然在舊金山城市裡都明白了。

我似乎可以感覺，脈搏裡躍動的鄉愁節奏。尤其是在清泉崗服役的日子裡，似乎特別貼近越戰的現場。那時正在清泉崗的裝甲兵部隊服役，每當深夜，就必須起來去巡視崗哨的士兵。總是非常準時，凌晨兩點，大肚山的天空往往傳來巨大的飛機聲響，從南邊的天際，出現了巨大雙翼的轟炸機。那是傳說中的 B-52 美軍飛機，他們總是在白天清泉崗機場的基地裝滿炸藥，可能在黃昏時刻朝向越南飛去。那時常常仰望天空，看著飛機消逝在雲層裡。從來沒有聯想到飛行員所攜帶的炸彈，就是要殺害許多無辜的越南人民。午夜裡，看到他們任務完成後回到大肚山，或許已經成功地使中南半島的善良百姓死亡無數。對於那個時代，對於戰爭局面，讓一位大學畢業的少尉軍官毫無感覺。縱然讀著反戰詩，也聆聽著美國的反戰歌曲，卻完全沒有把越戰與 B-52 飛機連結在一起。

總是要過了半生，又跨越了巨大的海洋，許多模糊不清的記憶突然就明白了。也許我是屬於遲鈍的人，必須要在事過境遷之後，回頭再看，才知道當年究竟發生什麼事。這大約是台灣知識青年的共同宿命吧，往往與現實脫離太久，而所接受的知識也與現實無關。從來不知道台灣竟然是美國越戰的幫凶，但是自己的遲鈍並不止於此。那些年，我還寫過一首支持越戰的短詩，甚至發表在報紙上。回望時，才發現那短短詩行，竟是我生命裡可恥的印記。

2

在美國西海岸，曾經停留過三個城市，一九七四年到一九八〇年，在西雅圖華盛頓大學讀書。一九八〇年到一九八四年，在洛杉磯投入海外政治運動。如今離開運動後，漂泊到舊金山，這將是返鄉之前能夠收留我的難忘城市。那樣曲折迂迴的流浪旅程，最後都化為無可磨滅的記憶，進駐在靈魂底層。那時隱隱感覺，這裡是我思想再出發的重要據點。因為不知道什麼時候可以回到海島台灣，也因為不知道將如何為自己在海外自我定位。每個城市都像陌生的星球，只能做短暫停留，然後又選擇離開。如果不能為自己留下可以觸摸的具體事物，那麼每個城市於我而言，都只是過客。

曾經在洛杉磯就已經動筆的台灣左翼歷史研究，似乎已經到了需要重新整頓的時刻。在書店裡，拾起一冊艾德蒙．威爾遜（Edmund Wilson）的《艾索的城堡》（*Axel's Castle*），才知道這是討論西方象徵詩到現代詩發展過程的重要書籍。威爾遜是一位左派文人，他相當熟悉馬克思主義的文學理論，而且也非常熟悉從歷史結構來分析文學發展。捧讀這本書之際，才知道他對波特萊爾、艾略特、葉慈、龐德的詩行瞭若指掌。那時非常納悶，為什麼左翼批評家可以對現代主義如此熟悉。如果理解美國學界的人文環境，就立刻明白左翼與右翼之間，並非是鮮明的對立，而是容許左派與右派的文學研究可以互相對話。艾德蒙．威爾遜出現在我的思考裡，是一個非常關鍵的啟示。只有患有左派幼稚病的知識份子，才會那麼愚騃地迷信於教條的馬克思主義。捧讀《艾索的城堡》之際，簡直是在瀏覽一冊順暢的散文。他對詩的解釋，以及對西方現代主義發展的源流，總是言簡意賅，理路清晰。

這是我思考上的重要轉折，不再把左派與右派的意識形態當作信仰，而是將之視為流動的思維方式。如果要分析作品的社會背景時，可以恰當使用馬克思主義的方法論。如果要介入作品內部的美學結構，遲可放棄任何意識形態，而忘情地容許自己耽溺在詩行的音色與節奏。只有讓僵化的、教條的意識形態退潮，詩行的文字之美，才有可能清楚浮現。艾德蒙·威爾遜是一九三〇至一九六〇年代美國重要的文學批評家，當他在鑽研俄國歷史時，就可以看見他的左派立場。他最有名的著作《到達芬蘭車站》（*To the Finland Station*），便是最好的列寧傳記。尤其他在探討列寧為什麼把參戰的俄國導向內戰的爆發，這本書做了最佳詮釋。他所寫的任何文學批評，幾乎篇篇可讀，而且是暢銷作家。很少人在意他的左派思想，更多人是投入他撰寫文學批評所展現的最佳詮釋。我必須承認，中年之後，在右派的自由主義與左派的馬克思主義之間，我可以進出自如，其實都應該拜賜於舊金山時期，我與這位批評家的不期而遇。

政治啟蒙與知識再啟蒙，是我進入三十歲以後的艱難跨越。歲月的速度似乎越來越快，思想的轉變也跟著越來越緊迫。於我而言，舊金山不再是過渡的城市，反而更像是一個靈魂寄託的所在。尤其在城市對岸的柏克萊，擁有加州大學的中國研究中心。在城市的南邊，也座落著史丹佛大學的胡佛研究中心。這兩個圖書館，將是我未來台灣左派研究的重要據點。在海外漂流那麼久，心情也慢慢靠近中年。靈魂深處常常傳來一種聲音，應該是要為自己的前半生徹底整頓的時候了。所謂整頓，無非就是要卸下曾經有過的自憐情緒，更加勇敢地面對即將到來的書寫工程。構思許久的《謝雪紅評傳》，便是嫁接我壯年與中年時期的生命書。曾經投身在十二世紀中國歷史的研究，顯然無法協助自己在政治與思想上的困惑。如果不能全心為台灣寫出一本歷史書，則前半生所受的史學訓練也是枉然。

舊金山海灣的文化氛圍，似乎微微帶著一九六〇年代的反戰氣息，也沾染著左翼批判精神的遺緒。空氣裡傳播的那股懷舊味道，推擁著我去重新認識台灣歷史上的左派運動。那年夏天，到達史丹佛大學的校園時，似乎靈光一閃，覺得這就是我開始回頭研究台灣歷史的時刻。走進胡佛研究中心（Hoover Institute），那裡的書籍氣味立刻對我產生巨大的召喚。尤其走入開架的藏書室時，才發現許多重要史料很早就已經羅列在那裡。我看到整排的魯迅著作與魯迅研究，也看到日本學者所整理的《毛澤東集》。相對於華盛頓大學的東亞圖書館，我相信這裡的收藏更加豐富而完整。未來的《謝雪紅評傳》，就是要在這個藏書室孵育誕生。胡佛研究中心其實是扮演美國白宮智庫的角色，這裡對整個亞洲的研究成果，都將作為美國總統與國會做決策的參考。

一個資本主義國家，從來不會因為意識形態就拒絕收納左派書籍。恰恰相反，他們大量收購中國出版的重要著作。穿梭在安靜的書架之間，我發現了文化大革命時期的無數出版品，也看到許多批林批孔的小冊子，甚至也看到群眾鬥爭的大字報。這些史料，恐怕是共產黨當權者不願意面對的歷史，卻成為資本主義的美國所做重要決策的參考。走到日本藏書區，赫然發現汪精衛南京時期的許多刊物，尤其是張愛玲在上海發表小說的雜誌，如《紫羅蘭》與《萬象》，也完整的放在架上。那樣龐大的藏書室，如果沒有人使用，簡直就是一座墓室那樣。然而當我開始翻閱雜誌或書籍時，似乎可以感受到，許多沉睡的靈魂，紛紛醒轉過來。

靜靜站在書架之間，我察覺自己是一位遲到的造訪者。如果提早五年來此，或許我的台灣左翼運動研究早就已經展開。但是內心也有一定的覺悟，知識的早到或晚到其實不是關鍵所在，如果沒有涉入具體的政治運動，或許對於左派運動的研究不可能那麼敏銳。到達舊金山時，我更加明白如何看待自己的人生。許多知識不是依賴閱讀就可獲致，而必須在現實世界承受折磨與考驗，才能夠讓許多靜態文字化為立體的感覺。那是無可忘懷的夏天，在地下室的書架之間漫步，有一種死去的感覺，也有一種復活的喜悅。舊金山的城市之光，不僅僅是一家書店，而是我浪跡天涯時刻的一盞燈，照亮著我的過去，也照亮了未來的道路。

雨落在唐人街

1

舊金山的雨很濕很冷，即使已經是夏天，從海口襲來的濕氣依然非常濃稠。我幾乎很少到達這個城市，無須穿夾克或者是更厚的外套。雨的感覺特別蕭瑟，與街道的熱鬧景象正好成反比。位在半山腰的唐人街，有幾條街道是用磚塊鋪成，似乎帶著古典的味道。在雨中走過唐人街，彷彿穿越了一張泛黃照片的街景，充滿了記憶，也充滿了時間的顏色。在人行道上，不時可以與穿著棉襖戴著呢帽的老人不期而遇。在那麼冷的天氣，他們坐在商店門口交談，帶著非常鄉土的廣東話，每次看見他們，總覺得是從歷史的另一端走出來。可能是二十世紀早期，他們就移民到舊金山。他們的前額，浮出深陷的皺紋，鏤刻著深不可測的鄉愁。

日後在美洲大陸的幾個大城市旅行過，逐漸發現每個城市都有一個唐人街。無論規模大小，往往都座落在城市的火車站附近。這些文化遺跡，記錄著當年的華工如何投入美洲大陸的鐵路建設。唐人街就是沿著鐵道旁邊所構築起來的聚落，那是繁華城市的最初記憶。從西雅圖、舊金山、洛杉磯，到芝加哥、紐約、波士頓，在當地的火車站附近，就座落著古老的中國城。這些具有華人文化特色的街道，並沒有趕上時代發展的速度，整個大都會朝向現代化奔馳時，他們就被遺留在異國情調的時間深處。白底紅字的招牌，或藍底金色的文字，都帶著具有廣東特色的語言。第一次看到「孖結」、「燕梳」的字樣時，完全無法理解其中的意義。後來慢慢知道那是廣東發音，「孖結」就是英文的 market，「燕梳」就是英文的 insurance，分別代表市場與保險的意義。這是唐人街的文化特色，也是他們在美洲所創造出來的翻譯文化。那種鄉愁，無法在不同族群身上傳遞，反而更能彰顯他們與美國社會的格格不入。

走在中國城的主要幹道都板街（Grant Street），更加突顯自己就是一個異鄉人。既不屬於當地的華人，也不屬於在地的美國人，從來沒有這樣感覺到自己是何等進退失據。第一次到達舊金山唐人街，遠在一九七六年夏天。那時已經在西雅圖華盛頓大學讀書，因為父母前來探親，便與他們一起飛到舊金山去看金門大橋。那時，黃春明也接受美國國務院的邀請，在西雅圖停留一陣之後，便暫住在舊金山。那年投宿的旅館，就在Embarcadero街道附近。那是纜車的起點，從白天到晚上不時傳來叮噹的聲音，頗具古典的味道。稍後就發現，纜車也經過唐人街。走在Chinatown的街道上，不免使人興起時空錯亂的感覺。那時是夏天，卻看到穿著長袍馬褂的老人。他們的神情與姿態，有些拘謹，也有些羞澀。總覺得他們是從久遠年代走出來的人物，不時避開路人的矚目。

那個夏天，也發現了一家新華書店。由於離開台灣不久，不免對簡體字書籍抱持高度的好奇。在台大研究生時期，自己也曾經暗自收藏幾本歷史研究的小冊子，並且也擁有一冊薄薄的魯迅《阿Q正傳》。在書店的架子上，發現一套精裝本的《魯迅全集》時，毫無來由地心跳加快。看見它完整十六冊羅列在那裡，不免感到心動。猶豫再三，徬徨許久，竟不敢開口購買。經過一段時間的天人交戰，痛下決心購買一套。那麼完整的魯迅作品，北京人民文學出版社的版本，印刷得非常精緻。定價美金五十元，折合當時台幣兩千元。當時我在華大圖書館打工，每小時三元六角。那是需要工作十六個小時才能賺得的工資，也就是兩個星期左右的時數。唐人街給我最深刻的記憶，就是我在購買《魯迅全集》的內心掙扎。那套全集，始終都跟著我在天涯海角流浪。

新華書店是北京在美洲的文化宣傳單位，書架上、玻璃櫃裡都羅列著文化大革命的宣傳品。尤其看到毛語錄的小紅冊子，也看到毛澤東頭像的胸章。對於來自台灣的留學生，初次遇見時頗覺驚心。那年，翻天覆地的文化大革命，其實已經到了強弩之末。我還是情不自禁，購買了毛語錄與毛胸章。在華大的東亞圖書館，其實已經祕密讀過太多的文化大革命宣傳刊物。只是覺得那龐大的國度於我陌生無比，而那場充滿吶喊聲音的大革命，更讓我覺得距離特別遙遠。在新華書店裡，還並不知道這個大革命即將宣布結束。翻閱著那些書籍，無論是歷史的或文學的，無論是哲學的或藝術的，幾乎分辨不出其中的差異。翻開每一本書的第一頁，所有的文字都非常雷同，尤其翻閱了幾本有關台灣的小冊子，更可以看到那種教條的、僵化的字句：「台灣是中國神聖不可分割的領土，台灣文化是中國文化的支流。」這些語言讀來令人疲倦，但是每位在黨指導下的作者，卻毫不疲倦地複誦著。

站在書架旁，取下馮友蘭所寫的《中國哲學史新編》，更使我感到訝異。這位我曾經視為現代大儒的哲學家，在共產黨的統治下，也淪為一名擁護毛澤東的信徒。如果我對中國感到幻滅，便是在馮友蘭的書籍之前劇烈發生。我曾經也是一位大中國的信仰者，在一九七〇年曾經與幾位朋輩組成「龍族詩社」。那時在台北城市裡，因為寫詩，因為有詩社朋友的取暖，在生命裡我一直視之為飛揚的年代。渡過遠洋，懷抱著一個巨大中國的形象來留學。這種無法解釋的國族認同，曾經是那樣無可搖撼。在唐人街的新華書店，終於使這樣的認同剎那間分崩離析。縱然我對魯迅文字的迷戀未嘗稍減，卻無法使靈魂裡的中國形象免於幻滅。我無法忘懷魯迅說過的一句話：「一個偉人死掉後，就變成了傀儡。」他的預言特別精確。這位三〇年代的文化戰士，最後無法躲過毛澤東把他推向神壇，也無法躲過多少左派信徒對他的膜拜。面對著滿牆的中國出版刊物，總覺得有一種嘲弄暗暗襲來。原來夢想中的中國，竟禁不起政治的檢驗。走出書店時，心情頗覺幻滅。好像滿地都是我碎裂的夢，再也無法拼湊起來。

那時從未想過，有一天還會回到這古老的街道。整整十年之後，為了編輯《台灣文化》，常常在唐人街的印刷廠出沒。命運從來是沒有邏輯可言，際遇也從來沒有規矩可循。一九八四年再訪唐人街時，竟是帶著疲憊的心情。再次出現於新華書店的門口之際，好像覺得自己是在走迴旋的道路。從唐人街的高處，可以看見灰色的海灣大橋（Bay Bridge）。縱然陽光甚熾，海風襲入袖口時，卻帶著強烈的寒意。舊金山的季節並不分明，對於從亞熱帶來訪的我，竟然感覺海灣的風像冬季那麼冷。一個漂泊的魂魄，在往後的日日夜夜，已經注定要在這寒風凜凜的城市來回徘徊。流浪的歲月從來是不能辯論的，上天是那樣安排時，也只能俯首領受。當年我已定居在海灣南端的聖荷西城，距離舊金山需要一個小時的車程。

2

北加州的陽光，永遠是那麼華麗。那時在南聖荷西的一座平房裡，重新整頓自己的心情。在美國西岸不斷地遷徙，離鄉已經十年。那時從來沒有想過定居下來，總是覺得隨時就要返鄉。那座平房屬於一位年長的同鄉，頗知我的經濟情況極為窘困。他願意以低廉的租金讓我借住，而且無須簽訂任何租約。那段時期可能是我人生最低潮的階段，無法為自己找到精神出口。尤其返鄉的道路被切斷之後，所有與台灣的通信或電話，都受到檢查。彷彿在遠方的天空盤旋，卻找不到任何歸宿。回想自己在洛杉磯時期頗具鬥志，尤其書寫的生產力特別旺盛。每天都有一個目標可以追求，同時橫跨在政論、散文、詩、文學批評、歷史研究的不同領域。在落筆之際，隨時可以轉換跑道，從未浪費分分秒秒。那可能是生命裡最具實踐力的時期，只因為整個思考方向都朝著監獄裡的美麗島受難人。

離開政治運動的洪流，整個生活節奏平靜下來。忽然找不到一個出發的定點，也找不到自我挑戰的著力點。那時正要進入三十八歲的門檻，逼近中年的一種焦慮感鋪天蓋地而來。遠離學界，遠離書寫，也遠離了所有熟悉的知識訓練。那時常常可以看見自己飄搖的身影，四顧茫然。人生有太多的回不去，也有太多的過不去，那種頓挫的感覺尤為強烈。如果無法找到確切的方向，或許在那谷底還會持續沉陷下去。從紐約回來時，已經承諾擔任《台灣文化》的總編輯。但是所有的工作還未開始，尤其許多技術性的問題猶待克服。這是一份中文刊物，屬於雙月刊性質。在茫茫的海外，並不知道作者在哪裡，也不知道打字者在哪裡。彷彿是離群的孤雁，寂寞的風從八方逆襲而來。

那年五月春天回到舊金山海灣，谷地的海岸山脈與內陸山脈，紛紛長出綠草。一個全新的生命力，再度降臨。那段時期不斷與紐約的陳文成基金會保持聯絡，讓他們知道這份刊物的編輯方向。在內心裡我不希望這是純粹討論文化的雜誌，在一定的篇幅應該容許政治評論的文字，同時也有台灣歷史的研究。基金會同意我的規劃，並且承諾全力支持刊物的發行。在洛杉磯時期，已經嘗試過如何營造不同文類的書寫，應該可以勝任月刊內容的多樣性。只是這份刊物由我一個人獨撐，能不能找到穩定的稿源，相當無法把握。那時急需一位中文打字的工作者，隨時可以配合編輯的進度。那時也在尋找美術字體的鑄造廠，可以用來作為文章的標題或刊頭。

那時，並不預見生命裡最孤獨的時光就要降臨。從約稿、撰稿、打字、編輯、印刷、發行的一貫作業，都由我一個人承擔起來。總以為離開洛杉磯之後，就可以恢復自由寫作的身分。《台灣文化》雙月刊的編輯，似乎是另外一個枷鎖落在我的肩頭。身為文人，一旦涉入政治運動的浪潮，似乎再也沒有回頭的機會。浮現在我眼前是一片廣漠無邊的大海，簡直看不到彼岸。這樣的重擔，是一種自虐，也是一種被虐。我能選擇的道路，大約就是這樣，只能硬著頭皮堅持走下去。在自我囚禁的牢房裡，去追求無窮盡的精神解放。我未嘗忘記想望中的故鄉猶在遙遠，當流亡的道路繼續延伸時，就無法鬆懈孤獨戰鬥的決心。我面對的，是一個龐大的頑固政治體制。然而，我又要面對另一個更大的挑戰，便是以單獨個人的力量創辦一份刊物，而且這個刊物又遠離台灣，也遠離所有的作者，遠離所有的工作夥伴。

能夠對我伸出援手的，便是遠在台灣的心理醫師陳永興。當時他也在台北創辦一份《台灣文化》，他答應適時提供稿源給我。然而最大的困難是，所有的稿子都必須經過郵寄，而且都要通過海關檢查。如何克服這項困難，就變成往後三年不斷要去克服的功課。當時沒有網路，而傳真機才正要開始使用，以自己的經濟能力還無法承擔。每次寄稿回台灣，總是在海關受到攔截。而從台灣寄出的稿子，也不必然能順利到達我手上。大約經過一年的時間，終於下決心購買一架傳真機，那已經是一九八六年的事了。當時並不知道，這份海外刊物是否可以找到讀者。我把發行的工作交給紐約的陳文成紀念基金會，由他們去尋找訂戶。

就在編輯創刊號之際，舊金山發生了江南命案，這是我在一九八〇年代又一次遭逢死亡事件。仍然記得江南被刺那天，舊金山的城市電視台，以及聖荷西的地方電視台，都在夜間新聞做頭條報導。江南本名劉宜良，在舊金山港口的漁人碼頭經營一家禮品店。他在業餘時間從事寫作，其中最受矚目的書籍便是《蔣經國傳》。他利用美國圖書館的方便，找到許多與蔣家相關的史料。從來沒有一位作者，可以把湮滅許久的蔣家故事挖掘出來。地位那麼崇高的蔣介石，在這本書裡淪落成為不堪聞問的無賴。當歷史的迷霧撥開時，讀者終於發現，蔣介石的人格並沒有那麼崇高，更沒有像國民黨宣傳刊物所塑造那樣的偉大。一個中國近代史的領袖人格看來是那樣猥瑣，又是那樣千瘡百孔。尤其書裡所描寫的蔣經國，在留學俄國期間曾經發表一封公開信，宣布與蔣介石斷絕父子關係。在那封信裡，蔣經國寫下如此的語言：「從前我是蔣介石的兒子，現在我是共產黨的信徒。」這本書的開宗明義第一章，就已經如此驚心動魄。因此它之成為暢銷書，自然不言而喻。

《台灣文化》開始發行時，便是以江南事件作為雜誌的主題。身為主編，我與江南的妻子崔蓉芝開始聯絡，她把事件發生的真實情況全部告訴我。她說，那天早上，他們準備去舊金山上班時，江南已經在樓下的車庫裝貨，而她也正在準備下樓。就在那匆忙時刻，車庫傳來槍聲。崔蓉芝直奔下樓，才發現她的丈夫劉宜良已經躺在血泊裡。她沒有看到誰是凶手，只覺得強烈的悲傷，四面席捲而來。美國聯邦調查局在最短期間宣布，凶手是來自台灣的陳啟禮。美方能夠如此迅速查出凶手是誰，便是調閱航空班機的旅客名字，確認陳啟禮前一天晚上到達舊金山，第二天下午立刻離境。在一個崇尚言論自由的國家，美國官方對於一位作家之死，表現得特別重視。他們認為，這是嚴重侵犯美國境內的言論自由權，也嚴重侵犯美國國內的人身安全。確認凶手是誰之後，美國國務院立刻發表聲明，要求台灣以官方立場解釋命案始末。無法承受壓力的國民黨，終於公開承認陳啟禮是台北的特務單位，直接派出行刺。

江南事件對我心裡的衝擊，可謂驚濤駭浪。對於一位毫無武裝能力的文人，進行如此殘酷的死刑處決，也只有蔑視人權的權力在握者才敢於野蠻執行。從江南命案使我更加相信，一九八〇年的林家血案也是出於同樣手法，而一九八一年的陳文成命案更是如此。於我而言，一九八〇年代似乎特別漫長，像凌遲那般，不時可以感受到肉體的痛，靈魂的痛，生命的痛。布滿痛楚的道路已經在我眼前展開，我不知道像我這樣勇於批判國民黨的寫手，什麼時候會遭到不測，一切都在未定之天。我也不知道，只要凶手持續如此蠻幹，或許我不會死於域外，而可能有一天回鄉時，就會遭到同樣的命運。編輯《台灣文化》之際，我以江南事件作為創刊號的主題，內心則懷抱著無盡的悲傷。我甚至也有某種程度的妄想症，或許走在舊金山唐人街的路上，也有可能受到狙擊，而那一切都是我不知道的。天涯茫茫，我第一次感受到自己是何等渺小，何等脆弱。能夠挺住我靈魂的，唯手上握住的一枝筆。

回歸讀詩的歲月

1

聖荷西是一個谷地，城北面對著舊金山灣。夾在內陸山脈與海岸山脈之間，偶爾會有微風吹拂過來。涼風習習的城市，到處都有綠樹，這裡就是聞名的矽谷（Silicon Valley）。總是在綠蔭滿地的背後，出現精緻的玻璃廠房。看來像是公園的環境，卻是電腦生產的重鎮。如果有所謂後現代的城市，聖荷西正好是一個典型。從來沒有看過如此安詳的工業城市，一切都那麼乾淨，又那麼寧靜。工業與公園的結合，正好為人工智慧提供了一個範式。在工廠密集地帶，完全不存在著汙染，更不存在噪音，每位上班的工人一律是西裝革履。彰顯出來的文化特徵，正好與現代主義時期的工業城市截然兩樣。無須任何理論的解釋，進入這個城市時，我就進入了一個後現代社會。

選擇在矽谷定居，正好也為自己創造了一個讀書環境。在洛杉磯時期未完的書寫，就要在這個後現代城市延續下去。租賃一個小小的木屋，背對著綠色山脈，面對著藍色舊金山灣，我決心讓自己的生命重新出發。在書窗裡，開始投入未完的書寫，那就是台灣左翼運動史的研究；並且也展開未完的閱讀，再次把紙箱裡的詩集羅列在書櫃上。整頓了自己的心情之後，政治思考與文學追求從此就展開了。這種雙軌的進行，再次規劃了我的生命版圖。仍然記得那是一九八五年秋天，我把四處漂泊流浪的詩集羅列出來，那曾經跟我飄洋過海，到達北國的西雅圖，又遷徙到陽光的洛杉磯，最後在聖荷西靜止下來。在美國西岸流浪了十年之後，第一次可以誠實面對自己，也第一次可以重新回到閱讀與書寫的歲月。

距離我最後寫詩的日子，十年已經過去。在我靈魂深處，詩是極為精緻的藝術結構。看似非常簡單的詩行，卻暗藏了一座深邃的玻璃迷宮。每一行都是一個鏡面，每片鏡面都反射著奇異的感覺。身處詩行之間，直射與折射的光相互交織，彷彿找不到精神出口。詩行與詩行之間，有時是懸崖，有時是深海。沉浸其中之際，自然而然會畫出一條虛線，容許意象與意象銜接起來。耽溺在那樣的閱讀時，窗外的噪音都沉寂下來，只剩下一縷孤獨的靈魂，試探著詩人的苦與甜。在那神祕時刻，最為孤獨，也最為孤傲。讀詩，其實是在測試自己生命的深度，可以一直挖掘，以致到達靈魂底層。各種複雜的情緒，憂傷或喜悅，因為讀詩而浮出地表。十年來的動盪，完全失去了自我鑑照的時光。如今停泊在聖荷西時，詩的感覺似乎又回來了。

幾冊偏愛的詩集，就擺放在書桌旁邊，伸手可及。終於能夠回歸讀詩的歲月，總是覺得受到神的眷顧。漂泊的情緒沉澱下來後，整個心靈突然變得非常開闊。詩的閱讀，幾乎是每天的閱讀脾性。寫完了政論，或做好了歷史考據，剩下來便是詩的時間。那時已經決心要開始寫《謝雪紅評傳》，藉由一本完整書籍的撰寫，開始回到台灣歷史的研究。曾經是宋代歷史的研究者，許多朋友很難想像，如何可能從十二世紀中國跨越到二十世紀台灣。在轉換跑道之際，確實帶來了很大苦惱。畢竟左翼歷史的探索，尤其是台灣共產黨的考證，可以說前無古人。面對那荒蕪的領域，好像面對了一片無邊無際的曠野。在史料閱讀的過程中，既要閱讀日文史料，特別是台灣總督府所編輯的《台灣總督府警察沿革誌》，也要參考中國共產黨所寫有關謝雪紅的事跡。那可能是離開華盛頓大學之後，第一次重返歷史的專業。那種挑戰，可以說前所未有。在心情極為疲憊的時刻，詩似乎變成了那段時期的精神出口。

歷史與詩，是兩種截然不同的閱讀方式。在史料中間跋涉時，隨時都要兼顧年代先後，也要照顧到史料的撰寫者是誰。尤其在捧讀《警察沿革誌》之際，隨時可以探測到殖民地警察的立場。他們對於台灣反抗運動充滿了偏見，尤其被捕的台灣共產黨員幾乎都無法遁逃殘酷的刑求。無論是被捕者的自白書，或者是日本法官的判決，都充滿了太多的陷阱。在詩行之間漫遊時，可以把整個心靈完全敞開，容許詩人所構思的意象、顏色、聲音流竄在想像的空間。由於歷史事實真假莫辨，常常必須費盡思考去辨別歷史的真與幻。那種心靈上所承受的負擔，往往帶來無窮盡的凌遲。讀詩的心情則全然相反，既可讓心理壓力卸下，也可讓自己的想像放開。詩藝的真，較諸歷史的真，還更可觸摸，甚至可以感受有某種程度的重量。

書架上羅列的詩集，有鄭愁予、紀弦、洛夫、瘂弦、余光中、周夢蝶、楊牧、羅門的作品。那段時期，不知道為什麼特別著迷於白萩的《蛾之死》與《香頌》，他的詩所投射出來的影像，絕對是屬於台灣的中年男子。那時自己也快要接近四十歲，我在年少時期所無法感受的某種情慾與嚮往，卻突然都明白了。耽溺在他所構築的意象之間，忽然非常想念南台灣的陽光。在大學時期，白萩作品曾經是我的首選。猶記得大三那年，還寫過一篇長文分析白萩的〈雁〉。我喜歡詩行裡的孤高與寂寞，那時過早地嘗到寂寞的滋味，竟然在白萩的詩行裡獲得安頓。真正進入詩的世界，應該是我二十歲以後。總覺得那樣精緻的文字裡，往往為那年輕的魂魄攜來豐饒的想像。在歷史與詩之間的擺盪，原來在大學時期就已經養成習慣。離開洛杉磯後，遠離政治運動的浪潮，許多遺忘的感覺又慢慢甦醒過來。詩行所帶來的效用，便是讓許多敏銳的感覺逐漸恢復。

離家已經超過十年以上，隱隱可以感知故鄉海島已經發生巨大變化。如果有一天可以回去的話，我注定是一個異鄉人。也許只剩下詩，才讓我與年輕時代的記憶銜接起來。如果說詩行升格成為信仰，也不致過於誇張。就像神諭那樣，總是在最絕望的時刻，詩神不期然從天而降，把即將沉溺的靈魂又及時挽回。我終究不能放棄詩的閱讀，在加州的海岸，我可能已經受到家鄉朋友的遺棄。沒有放棄我的，應該是年少時期所捧讀過的那些詩行。穿梭在白萩的《香頌》裡，我彷彿又走過南部城市的大街小巷。我喜歡詩集裡浮現出來的人間性，那麼尋常，那麼平凡，又那麼接近鄉土。無可名狀的鄉愁，藉由白萩的嫁接，變得特別濃稠，特別無法承擔。

年少時期無法解讀的詩集，如洛夫的《石室之死亡》，周夢蝶的《還魂草》，商禽的散文詩作品，曾經是我無法卸下的苦惱。在另一個海灣，在另一個平原，我卻藉由這些難懂的詩，來紓解無法脫困的心情。我決心每一行每一行走過，許多無法解釋的文字困境，在那段時期逐漸解脫。終於可以自由出入於前輩詩人的詩藝之間，忽然覺得有一種飛翔的快感。能夠從文字迷宮脫困，或許強烈暗示著正要跨入生命的另一個階段。讀詩的喜悅，糅雜著閱讀史料的困頓，讓微近中年的心情在最短時間內臻於成熟。所謂境界，很難給予確切的定義。只能模糊地察覺自己正要穿越一個門檻，這個門檻是屬於知識的，藝術的，也是思考的。許多浮動的情緒，也跟著沉澱下來。那時非常明白，我已經能夠解釋這個世界，並且也可以解釋自己的生命。

2

開始蒐集謝雪紅相關的史料時，我已經開始造訪史丹佛大學的胡佛研究中心。四十分鐘的車程，簡直是追求一個新生命的過程。從宋代史換軌到台灣史，確實需要在思考模式上做重大調整。殖民地台灣的歷史，畢竟是屬於現代史。那些過往的事跡，與我的時代確實存在著千絲萬縷的關係。遙望著宋代歷史，那比較屬於抽象的文化層面，在感情上衝擊並不那麼大。謝雪紅的故事則截然相反，她出生於一九〇一年，去世於一九七〇年。在很大程度上，與我的生命軌跡有太多重疊。她所追求的政治答案，也與我的政治關切密切聯繫在一起。這位歷史人物，帶給我太多強烈而複雜的感覺。懷著高度好奇，我決心要重新塑造她的歷史形象。身為男性歷史研究者，去探索一位女性政治領導者，想必存在著某種程度的斷裂。為了更真切理解這位女性的命運，我終於也開始閱讀女性主義理論的相關書籍。

一種思想上的風暴，也逐漸凝聚起來。身為台灣左派女性，謝雪紅所代表的意義極為豐富。當我開始落筆撰寫時，才驚覺到她的身分正好對抗著「中國右派男性」的霸權論述。於我而言，這樣的發現使我更加投入她生命史的再建構。左派的思考，以最清晰的形式浮現在我胸臆之間。畢竟台灣共產黨建立之際，接受了俄國第三國際的指導，這種連鎖關係不容我輕忽俄國史的存在。我開始進入一個知識訓練的整頓階段，原來過去曾經修過俄國史與英國史的課程，如今都可以運用在這本傳記的書寫上。過去在閱讀列寧的理論時，總覺得特別遙遠，與自己的生命歷程毫不相干。如今開始整理台灣左翼運動史，才訝異地發現多年以前所捧讀的那些書籍，其實已經埋下了思考的基石。

胡佛研究中心的建築外面，有一座巨大鐘樓，它與史丹佛大學的教堂遙遙相對。中間的廣場特別開闊，在長廊外則陳列著羅丹的許多藝術雕像。到達那裡時，好像有一股力量推湧著我融入那學術氛圍。我偏愛這乾淨明亮的校園，似乎在過濾我思考上的雜質，也在洗滌我內心混雜的情緒。那是我生命裡極為奢侈的時光，可以專注於史料的解讀。那時並未確切知道，建構一本謝雪紅傳記的專書是否能夠完成。每次進入圖書館時，只要出示加州駕駛執照就獲得許可。藏書室座落於建築的地下室，那廣闊的空間蒐藏了日文、中文、韓文的史料，也包括了戰前與戰後的出版品，甚至也包括了資本主義陣營與共產主義陣營的書籍。較諸華盛頓大學的東亞圖書館，這裡的藏書更顯豐富。

徘徊在書架與書架之間，可以感覺到自己的靈魂一直停留在亢奮狀態。因為心裡非常明白，自己不僅在為台灣寫史，其實也在為自己的生命寫史。從來沒有一位政治運動者，可以把台灣歷史帶到那麼遙遠，尤其走到了北國的莫斯科。這位從未受過教育的台灣女性，在雪地千里的紅色首都，決定把自己命名為「雪紅」。她在那陌生的國度，一方面與日本左翼運動者過從甚深，一方面也與中國共產黨員有過深刻的對話。正是在那段時期，她認識了在那裡受訓的蔣經國。這種神祕的歷史交錯，正好彰顯這位女性命運的神奇之處。那樣的交錯也許屬於偶然，卻更加彰顯了這位女性的特殊位置。經過她，這場崎嶇的旅行，台灣歷史與整個東亞的複雜命運銜接起來。

往往在深夜時分，加州天空的星光特別明亮之際，我總是沉浸在神祕的歷史時刻。我出生在一九四七年二二八事件發生後不久，在那血流遍地的事件裡，謝雪紅正在台中領導台灣青年與國民黨軍隊對抗。後來我才知道，她在那年五月從我的家鄉左營軍港離開，逃亡到中國上海，那個城市在她生命裡具有深刻的意義。一九二八年，她在上海租界地正式組成台灣共產黨。中國建國成功之後，她又在上海主持台灣民主自治同盟的組織。我開始認識她時，她已經去世，但是冥冥中一直覺得我不斷與她錯身而過。我第一次感受到台灣歷史的苦澀滋味，似乎那就是我生命不可分割的一部分。身為台灣人，尤其是台灣知識份子，必須承受歷史的重擔，無可推卸。在日文與簡體字的史料裡，我摸索著她的生命軌跡，卻也好像在摸索著自己的命運。每到深夜時分，那種苦澀尤為強烈。

在無法排遣之餘，詩集成為我的依賴。如果說詩行是一種救贖之道，亦不為過。對於謝雪紅傳記的撰寫，那時並不覺得能夠確切把握。甚至這部傳記是否能夠寫成，也沒有具體答案。好像在茫茫大海航行，不知道自己的方位，也不知道靠岸之處在什麼方向。那似乎是一場賭注，完全無法預測輸贏。只知道如果不嘗試的話，就一定是輸掉了。那時能夠支撐我持續航行下去，唯詩而已。重新閱讀年少時期的詩集，我把它視為一種生命的燃料。只要能夠繼續在詩人營造的意象裡穿越，就能夠不斷生產靈魂的熱量，也就能夠堅持航向未知。吃著詩行而活下去的歲月裡，返鄉的日子是多麼不可靠，而政治變化也是多麼無可期待。容許我挺起手握的筆，正是詩與歷史。

在我之前，並沒有任何前人做過台灣共產黨的研究。如果說攤開在我面前的是一片荒野，就必須蓄積足夠的勇氣向前走去。尤其在閱讀日文史料時，彷彿可以更貼近日本帝國主義的權力中心。在那段時期，殖民母國的當權者，對於左派運動者給予最公平的待遇。無論是日本左派或台灣左派，都一定遭到逮捕，命運完全沒有兩樣。正是在那沒有具體答案的歷史情境裡，這位台灣勇敢的女性顯然已經為海島找到突破的切口。她的女性歷程，她的階級立場，她的民族立場，是那樣鮮明，又是那樣無可動搖。縱然在上海遭到逮捕，她從未輕易放棄。被解送回到台灣時，她又祕密從事黨的重建工作。不僅吸收了許多年輕知識份子，而且也滲入工人運動與農民運動的組織。比起當時的任何男性政治運動者，這位女性領導人實在太過傲慢了。

在加州的深夜時刻，在史料文字中爬行時，我第一次那麼清楚認識了一位歷史女性的人格。她好像身處在一個黑暗的隧道裡，看不見時代出口，卻決心繼續往前探索，希冀能夠獲得答案。她懷抱著一份不滅的希望，為台灣尋找歷史軌跡。在每個深夜裡，我重新認識她的靈魂，也重新為自己的政治放逐，找到積極的意義。在詩行之間，在史料之間，其實從未浮現任何清楚的答案。整個閱讀的過程，也就是生命摸索的過程，容許自己繼續往前走。我終於明白，歷史從來不會給出具體的答案，一如詩行那樣也從來不會給生命一個確切定位。追求，不斷地追求；書寫，不斷地書寫，就是生命最為飽滿的意義。在返鄉之前，能夠堅定活下去的理由，正是來自歷史與詩的閱讀。

在左翼的歷史記憶裡

1

許多年少時期的感覺，又逐漸甦醒過來。在高速公路上驅車前進時，總會扭開灣區的鄉村音樂電台，容許許多熟悉的旋律洗刷我的心靈。那些跳耀的音符，可能是對應著美國社會底層的尋常百姓。歌曲中出現的酒吧、賭場，愛情，苦悶，喜悅，描繪的不只是都市裡的小市民，而且也描繪了鄉村裡的樸素風景。它們的音色，等於彩繪了美國社會的各種情感。整首歌自然是以吉他的彈奏為主調，背後所浮現薩克斯風與伸縮喇叭的伴奏，那種常民的風格，竟然也深深吸引著我。尤其在公路上奔馳之際，那種節奏感似乎也配合著我起伏震盪的心臟跳動。到舊金山或柏克萊的道路上，往往可以聽完一卷錄音帶的歌曲。回程時，又重新再聽一次。我從來未曾深究，為什麼對美國的鄉村音樂如此著迷。也許，靈魂深處住著一個青少年的我。或者，逐漸邁入中年的心情，似乎無法捨去曾經的夢幻。當熱情的旋律釋放出來時，反而與加州的風景隔絕起來，讓我更貼近二十歲時的台北，也更貼近那年輕時期的憂鬱與開朗。

在驅車奔馳之際，逐漸發現自己的心境開始蒼老。一九八五年，邁入三十八歲，似乎慢慢習慣以中年的心情來看待這個世界。所謂蒼老，其實是重新定義生命的內涵。至少對於名利這件事情，已經學習如何抱持超越的態度。年少時期，曾經對成名這件事頗為在意。即使只是接到報社的退稿，可能就會讓自己挫折一個下午。或者在別人的文字裡，看見自己受到議論，特別是被放在難堪的字眼裡，往往在很長的時間裡無法恢復正常心情。也不知道為什麼，經過了長期的漂流之後，好像一切都看得非常明白。面對著舊金山海灣，陷入漫長的懷鄉時光裡，我好像可以換一個位置來觀察自己。受到放逐，可能是我生命中最大的屈辱。在當權者的眼中，我只不過是一隻蟲豸。從來未曾預見，我個人所寫的文字果真有那樣強大的力量嗎？只因為我的想法不容於當道，就取消我的護照，甚至也取消了我的國籍。身為台灣人，我第一次真實感受到歷史的壓力。

這種壓力，台灣的先人也曾經承受過。即使無須追溯到殖民地時代，只要觀察在海外的許多知識份子，就可深刻體會，生為台灣人實在是一件拚命的事。我的志業，只不過是企求做人的權利。在我發表的文字裡，只是希望公平與正義能夠降臨台灣土地上。那種願望何其卑微，但是對我這輩台灣人卻是一個遙不可及的夢想。我從未思考武力革命，更未嘗想過任何暴動的企圖。只不過是以衰弱的文字，表達內心的願望。即使文字裡透露強烈批判，那也只是知識份子的憤懣之氣而已。在加州的海岸我慢慢覺悟，台灣的統治者其實是比我還脆弱。他們無法接受任何反對的語言，稍有不滿便立即遭到羅織。

遠隔重洋觀察海島上的政治氣候，更為鮮明。雖然當權者自稱是自由中國，卻對右派自由主義的思想予以封鎖。而對於左派的政治信仰者，更是進行無情的打擊。早年我曾經著迷過殷海光的文字，卻因為他在《自由中國》發表太多批判的文章，而遭到台灣大學的解聘。一九六九年，我到台大歷史研究所口試時，殷海光已經不在哲學系任教，那時他的身體已經非常不好，我在校園裡看到他散步的背影，有許多學生會跟他打招呼，他停下來時便被團團圍住，那是我最後一次的回眸。對於一位研究生而言，似乎無法窺探他思想的全貌。但是他翻譯海耶克的《到奴役之路》，以及他最後的著作《中國文化的展望》，卻是我在華盛頓大學時期的重要讀物。他的文字思路分明，乾淨簡潔，完全迥異於當時老學究的學術風格。這樣一位自由主義者，確實在那苦悶年代開啟了一個思想窗口。然而，他對言論自由的主張，卻完全不容於當道。

右翼知識份子的命運尚且如此坎坷，更別提左派知識份子所閱讀的馬克思。仍然記得在華盛頓大學校園，第一次接觸《毛澤東選集》的感覺。彷彿帶著一種褻瀆，又夾帶著冒險的快感，內心所承受的衝擊特別巨大。在台灣的反共宣傳刊物，毛澤東已經徹底遭到妖魔化了。看到書架上羅列的紅色封面的書籍，最初頗覺怵目驚心。一旦開始閱讀之後，非常訝異於毛澤東的白話文，是如此具有說服力，而且帶著一定的煽動性。進入毛澤東以後，陸續又讀了《周恩來選集》，更加察覺兩人的表達能力差距甚大。毛澤東確實有其迷人之處，他被稱為一代梟雄絕對有其原因。文字裡所夾帶的民間性、世俗性，恐怕不是任何一位中國文人所能望其項背。他的語言非常親近一般老百姓，但是在字裡行間，我並不覺得他站在人民的立場，而是站在人民頭上。那樣覺悟時，我從來不覺得他是左派，而是以人民立場的假象，來掩飾他對權力的貪婪。

什麼是「左」？那不僅僅是站在人民的位置，而且是堅定地追求公平與正義。通過《毛澤東選集》之後，我開始閱讀《列寧選集》。我才詫異發現，原來毛澤東的許多革命理論，很大部分是抄襲列寧。列寧把馬克思主義的工人革命轉化為農民革命，便是考慮到俄國境內的工業化還未成熟，工人的人口量還不足以支撐具體的革命行動。列寧應該是第一個修正馬克思主義的政治領導者，藉由農民的力量，他推翻了俄國的羅曼諾夫王朝。他更重要的戰略是，便是把對外戰爭轉化為內戰模式。一九一七年，俄國革命成功之後，列寧繼續主張不斷革命論（constant revolution）。列寧確實是了不起的革命戰略者，他所有的思考最後都被毛澤東繼承了。在中國內戰時期，毛澤東所堅持的「以農村包圍城市」策略，完全是列寧革命模式的翻版。同樣地，他也模仿列寧的思維方式，而提出不斷革命論。能夠從歷史經驗去思考左派發展時，我已經離開了洛杉磯。

在海外不時可以看見左派刊物，他們對馬克思主義的解讀不免過於學究，也過於迂腐。在那些理論文字中間攀爬時，總是會有一種疲憊感，尤其他們之間在引經據典辯論時，反而更加使我有一種無力感。在許多政治討論會的場合，我看見不少以左派自居的書生，他們熟讀馬克思或毛澤東，卻讓我覺得距離台灣特別遙遠；僅根據非常初階的馬克思理論，彼此都陷入立場之爭、意氣之爭、勝負之爭。我很早就放棄這樣的辯論，所謂革命，絕對不是永遠停留在理論層面。縱然在辯論中獲勝，卻完全無法影響台灣的形勢變化。在那階段，台灣的黨外雜誌已經開始討論組黨的議題，縱然不在歷史現場，也可以體會到那樣的運動越來越成熟。尤其街頭示威運動越來越頻繁之際，似乎已經可以嗅出威權體制的頹勢。身為歷史研究者，遠隔著海岸瞭望時，深深覺得當權者已經處在烏雲密布的狀態。空談理論已經無法協助台灣，在那時刻，我返鄉的願望越來越強烈。

2

台灣意識論戰結束之後，可以感覺黨外運動的實踐層次又往上提升。究竟是向左走，或向右走，這樣的問題已經浮現在運動裡。一九八五年三月十二日，農民運動的前輩領袖楊逵去世。這樣的訊息傳來時，也連帶衝擊著我的情感。短短兩年前，見證他在洛杉磯演講，他挺直腰桿的身影，深深停留在我的記憶裡。終其一生，他未及看見台灣社會脫離威權統治。在日本殖民地時代，年少的楊逵就已經投入了反抗運動。一九四五年日本投降時，他終於還是沒有迎接自己所盼望的時代。恰恰相反，一個更嚴酷的統治者取代了殖民者的位置。與他面對面談話時，可以感覺他擁有一個頑強的靈魂。

那年三月十二日的清晨，楊逵仍然像往常那樣坐在室內讀報。他的媳婦送來早餐時，才發現他已經從容離去。他告別世界的姿態，彷彿就像參加農民運動那樣，乾脆而瀟灑。有一種難掩的悲傷侵襲了我，終其一生未曾看見夢想的實現，卻仍然堅定懷抱他的理想。他的生命歷程，便是左翼知識份子的典範。他不空談理論，也不參與無謂的辯論，更不開口閉口引述馬克思，但他絕對是左派的行動者。他在晚年也參與了助選的工作，凡是能夠協助批判威權體制的任何行動，他都樂於分擔。我喜歡他那種乾淨俐落的性格，該做就做，及時行動。為了紀念他，我在《台灣文藝》使用三個名字發表三篇作品。以宋冬陽撰寫一篇論文，以陳嘉農寫一首詩，以陳芳明寫一篇散文。縱然以各種形式來紀念他，卻無法表達我內心哀傷之萬一。他走了以後，他的形象在我內心反而更為清晰。

如果沒有孤獨在海外漂流，似乎很少有時間來面對自己。在多少不眠的深夜裡，北斗星懸掛在我書窗前，總情不自禁會檢視曾經走過的道路。自己思想的轉變，也應該是屬於精神軌跡的延伸。為楊逵悼念時，恍然驚覺什麼時候生命裡的左翼道路已然成形。我彷彿又回到西雅圖的寒夜，那時屋外已是雪地千里，桌燈照耀著攤開的《瞿秋白文集》。不知道為什麼，對於瞿秋白的人格分外著迷。也許他是魯迅的自由，也許他是把馬克思主義介紹到中國的傳燈人。他身上掩蓋不住的文人氣質，無形中讓我有無盡的嚮往。通過他的生命實踐，我開始接觸莫斯科的第三國際組織。也同樣經過他，我更深刻認識了列寧的革命及其左派思想。知識之間的相互銜接非常神祕，我曾經為二十世紀俄國史感到無比苦惱，卻在閱讀瞿秋白之後為之豁然開朗。從《瞿秋白文集》到《列寧選集》，為我拉出一條漫長的跋涉道路。理解列寧之後，我反而對馬克思主義看得更為明白。

閱讀左派歷史的發展，於我是非常奇妙的經驗。從英國出發，因為那是工業革命的起點，然後再延伸到俄國革命。列寧迷人的生平，使我對北國森林的雪景，帶著莫名的憧憬。經過了列寧之後，我終於認識了瞿秋白的政治道路。當我能夠解讀瞿秋白時，冥冥中有一股力量要把我帶到毛澤東。俄國革命與中國革命，改寫了馬克思所提出工人革命的論點。後來再次閱讀馬克思主義時，我終於學習了採取比較彈性的觀點看待歷史。正如我曾經承認過，我從來不會自稱左派信徒，更不是僵化、教條化的馬克思信徒。我寧可抱持較為活潑的立場，保持一個游移的空間來看待歷史發展。正因為如此，我從來不相信歷史規律，或歷史目的論。如果有所謂規律或定理，絕對不可能套用在歷史解釋上。這也說明了為什麼我對中國共產黨始終保持高度戒心，因為他們就是歷史宿命論者，也是馬克思主義的教條論者。很早以前，我對文化大革命的那些宣傳從來沒有相信過，從而也對中國共產黨員一直懷著憐憫的心情。他們浪費一輩子的生命，不斷在解釋歷史規律。如今回頭來看他們的人工解釋，簡直虛擲他們的生命。

解讀殖民地時期的台灣左派史料，我之所以注意到謝雪紅的存在，便是發現她從來不是歷史規律論者。這位未曾受過任何正規教育的台灣女性，從未受到所謂正統知識的汙染。當她涉入政治洪流，從未背誦著教條的左派理論。她總是維持流動的思考模式，面對不同的政治情況，她能夠採取更為活潑的行動。對這位女性而言，她所認識的左派指的是社會底層的弱者。那不僅僅是工人或農民而已，她更注意到從未擁有發言權的女性與原住民。她的識見與同時代的左翼運動者，特別是左派男性，截然不同。

我開始專注閱讀殖民地時代的台灣左派運動，應該是在一九八五年之後。尤其是楊逵去世時，讓我產生更豐富的歷史想像。在閱讀史料過程中，我發現謝雪紅與楊逵之間，自始就處在齟齬之中。開始細讀謝雪紅生平的史料之後，才慢慢發現太多的歷史恩怨；而這樣的恩怨，往往牽涉到政治路線的主張。他們各自的信念，往往與馬克思主義的理論有太多牽扯。他們的共同敵人是日本帝國與台灣總督府，卻由於理論信仰的不同，決定了他們在政治上的分合。我更進一步發現，即使在農民運動的路線上，楊逵與農民組合的領導人簡吉也有太多爭論。最後兩人選擇了分道揚鑣，反而使反抗運動更形分裂。那時一個人關在寂寞的斗室裡，面對著浩瀚的史料，往往有一種惆悵無端襲來。我常常情不自禁會設身處地去思考，如果也生在那個時代，是否會為了理論信仰而勇於分裂。我無法給自己一個確切的答案，畢竟我的時代與殖民地時期全然兩樣。

捧讀台灣寄來的黨外雜誌，已經有不少文字在討論組黨運動。其中也牽涉到議會路線或群眾路線的不同主張，如果放在殖民地的環境裡，大約就是合法路線與非法路線之間的爭論。

歷史從來都是反覆在進行，過去未曾解決的問題，仍然會重複出現一次。正如馬克思說過：「歷史會重複，第一次出現是悲劇，第二次是鬧劇。」（History repeats itself, first as tragedy, second as farce.）那時我非常擔心，黨外運動會不會發生同樣的狀況。隔岸觀火往往可以把事情看得非常明白，如果廁身其間，反而也會陷入黨派之爭。從俄國共產黨到中國共產黨，到日本共產黨，都重複了同樣的命運。每一次分裂都牽涉到理論的問題。過於迷信理論不僅使人脫離現實，最後都淪為意氣之爭。

觀察謝雪紅一生的革命道路，讓我更加覺得她為後人帶來無窮的暗示。為了更精確掌握左翼運動的軌跡，我也開始涉略台灣農民組合的相關事蹟。同樣的，爬梳台灣共產黨的相關史料時，我對於黨內的重要成員也開始產生高度興趣。一個左翼運動的形成，絕對不只是依賴幾個左派知識份子，而是整個殖民地社會的走向才是關鍵因素。日本資本主義在一九二〇年以後，逐漸引進台灣，階級的分化也從而發生。尤其資本家對台灣農民土地的兼併與吞噬，開始大量製造流離失所的底層人民。我也注意到台灣的工業化，也是在二〇年代蓬勃發展，製造了大量的工人階級。不公平的社會制度，也釀造了許多悲劇。這些社會發展等於為台灣左翼運動鋪好了溫床，也使台灣共產黨早熟地成立。

如果沒有注意到謝雪紅這位人物的存在，也許日後的左翼研究就不可能發生。我的思想狀態似乎在那段時期，也到達一個分合點。我決定放棄考據式的歷史研究，這等於宣示我決心放棄宋代歷史的探索。這好像是與自己的前半生決裂，至少有很長的一段時間，心情一直處在掙扎浮沉的凌遲中。畢竟向自己年少時期的善良讀書人訣別，簡直是在承受一種切膚之痛。過去溫良恭儉讓的我已經逝去，而另外一個強悍的魂魄進駐體內，不再滿足於那種品學兼優的思維方式。我終於明白後半生所面對的不再只是學位或地位，而是一個顢頇而強悍的威權統治者。如果治學態度維持不變，威權體制的陰影在我內心也會永恆存在。我必須向這樣的歲月告別，否則我會持續維持過去的思考模式。那是一次決絕的告別，是永遠不再回頭的前進。在下定追求決心的那個時刻，似乎已經預見即將到來的日子會更困難，會更艱苦。就像當年決定投入政治運動，我的人生便義無反顧。而投入左翼歷史的研究，又是再一次的決裂。那年的秋葉特別金黃，也特別豔紅，彷彿是為我做了最好的見證。

旅行到遙遠仙台

1

一九八六年初秋，是魯迅逝世的五十週年，日本國立東北大學來信邀請參加紀念活動。那年夏天，在京都的《野草》學術期刊，曾經發表一場演說，題目是：「魯迅在台灣」。對於日本學界而言，他們第一次發現魯迅的影響並非只發生在日本，而且也遠及台灣與香港。可能是經由這樣的契機，才會正式邀請我去參加紀念儀式。在漫長的生命過程中，魯迅已經升格成為我個人的重要隱喻。從一九七五年購買《魯迅全集》之後，這位中國作家的歷史影像，在我靈魂裡盤踞了一個很大的位置。在一九三六年去世的魯迅，恐怕未曾預知自己的文學影響，可以在整個東亞發生深遠的效應。

閱讀魯迅，往往牽動著我內心深層的感覺。為什麼不一樣的歷史情境，竟然對海島上一位知識青年產生那麼大的衝擊？後來我漸漸明白，原來他所對抗的威權體制，也持續掌控著台灣。魯迅所寫的批判文字，突破時空的限制，容許我更清晰地感受了他的生命力。他所受到的思想檢查，他所呼吸的不自由空氣，在戒嚴時代的台灣仍然延續著。尤其他寫下那篇悲憤的散文〈為了忘卻的紀念〉，在於追悼被逮捕而失蹤的弟子。字裡行間帶著飽滿的感情，卻又對那黑暗時代提出強烈控訴。不知道為什麼總是讓我聯想到台灣的政治犯，尤其是那些不知姓名的白色恐怖犧牲者。

我與台灣當權者的對立絕對不是偶然，如果沒有親歷那個時代的陰暗，就不可能變成日後的強悍批判者。尤其經過一九八〇年的林家血案，並且也經過一九八一年陳文成命案，我的人格就不可能不受到徹底改造。左聯五烈士的命運，使魯迅陷入無窮的悲傷。他所使用的那些深沉文字，也使我的魂魄發出顫慄。原來國民黨在一九三〇年代所使用的恐怖手段，也持續在一九八〇年代的台灣沿用。魯迅的歷史，赫然就是我的時代。除非我是沒有感覺的人，或者是冷血的人，否則就不可能保持沉默。讓我敢於發言，甚至讓我投入政治運動，最重要的關鍵其實是魯迅文學。重新尋索自己的生命軌跡，可以發現時代盡頭坐著一個龐大影像，他就是魯迅。

在撰寫政論時，總會情不自禁引用魯迅的文字。充滿了人性，也充滿了人間性的魯迅，在很多時候可以精確點出盲點，也可以精確彰顯社會現象。他說過：「一隻完美的蒼蠅，畢竟是蒼蠅；一個有缺點的戰士，畢竟是戰士。」一位充滿戰鬥力的文人，無須營造崇高的形象，他該說話時就說，該行動時就做。這正是我所認識的魯迅。他從來也不會掩飾自己的好惡，甚至也公開顯示自己的傲慢。尤其他面對敵人時，就如此表達：「最大的輕蔑，就是不發一語，而且臉也不別過去。」這是非常動人的描寫，也是讓我輩讀書人無法企及之處。完全不在乎虛偽形象的魯迅，帶給我極大的啟示與暗示。他要罵人，一定是罵得令人千古難忘。有太多依附國民黨的文人，完全無法接受他的輕蔑態度。他們一方面為黨效勞，一方面攻擊魯迅，正好落入魯迅所形容的那樣。

接受東北大學的邀請，使我一直停留在亢奮狀態。仙台就是魯迅最早留學的地方，在那裡他的心靈結構完全受到改造。他離開故鄉，到達亞洲第一個現代化的國家，其實已經預告他個人的生命史就要產生劇烈變化。他身上帶著八國聯軍占領北京之後的屈辱，在仙台時期強烈感受到中國的落後。他經歷過傳統文學的啟蒙，到日本留學又接受了現代文化的再啟蒙。在仙台讀書期間，內心不時產生強烈矛盾與鬥爭。早期的中國留學生，彷彿是古老社會延伸出去的觸鬚，去觸探陌生的知識領域，也去感受莫名的異國情調。一個近代知識份子的誕生，想必要穿越許多精神考驗與肉體折磨。在四書五經裡，他看到一個永恆不變的中國。在近代知識追求裡，他第一次見證推陳出新的現代文化。他所目睹的日本，漸漸成為他思想裡的重要借鏡。

那年初秋，我乘坐新幹線到達仙台車站時，已經察覺秋天早就到來。所有的樹葉開始轉紅，纖細小手的楓葉在微風裡顫動。有一種惆悵在內心浮起，總覺得自己與魯迅的相遇已經遲到。不知道為什麼，我並不覺得仙台是日本的城市。在我想像裡，那裡是魯迅再啟蒙的起點。對我個人而言，魯迅則是我再啟蒙的另一個起點。或許我並不是熱衷於參加會議，迢迢千里從舊金山飛到東京，又轉乘新幹線到達日本東北，簡直就是一段朝聖的旅程。留學時期的魯迅在這個城市到底留下多少遺跡，那是我不知道的。當年他所讀的是仙台醫學院，如今已經改名國立東北大學。所有的景物已全然兩樣，但冥冥中卻覺得與魯迅更接近一點點。秋風裡飄揚著落葉，不免使我湧起傷逝之感。也不知道要朝那個方向，去追念這個近代中國文人？寒風從海洋那端襲來，我迎風而立，想像著當年他所承受的異國之秋。

秋葉蕭蕭，我站在醫學院的樓前，嘗試去感覺魯迅的感覺。醫學院大樓想必都已經改建，但是地理位置應該沒有改變吧。他如果順利取得學位，中國可能獲得一個傑出的成功醫師。

然而不然，他最後並沒有畢業，卻選擇離開學校到東京去，搖身變成了文學作家。歷史發生後，就是歷史了。但是我還是會聯想，選擇文學作為他的志業，恐怕比醫生所產生的影響還來得巨大。如果沒有在解剖室觀看日俄戰爭的幻燈，可能不會在他情感裡造成巨大波瀾。他的老師藤野先生，也並不知道放映幻燈可以改變一個中國讀書人的一生。幻燈所要宣揚的，其實是為了合理化日俄戰爭，也要合理化日本軍隊的侵略行動。

在幻燈片裡，魯迅看見一位綁著辮子的中國人受到逮捕，被指控是間諜。日本士兵準備槍決這名間諜，許多有辮子的中國百姓好奇地圍觀，彷彿在看一隻動物是如何死掉。死刑犯被槍決倒下時，圍觀的中國人都面無表情離開了。這一幕，深深震撼了魯迅。他不僅感受到弱國的悲哀，也為冷血的中國人感到悲哀。他不免在內心自問，如果他變成了醫生，一輩子能救活多少中國人？如果中國人的心已經死掉，救活他們有什麼意義？當他這樣思考時，一場風暴已經徹底席捲了他的靈魂。這是非常動人的故事，但不僅是故事，而是相當精確地描繪一位中國知識份子的覺醒。

站在校園裡，魯迅形象反而更為生動，似乎可以感受到他當時的矛盾與掙扎。每個人的覺醒，都是經由不同的途徑而獲得。帶血的呼喚，帶血的記憶，占滿了我整個內心，甚至有一種無法壓抑的騷動。選擇接受邀請來到日本東北，已經是我生命裡的一個重要印記。走在熙攘的街道，我只是一個陌生人。但因為有魯迅影像的存在，卻覺得仙台於我極為熟悉。校門口的警察告訴我，魯迅當年留學時期所住的民宿就在附近，讓我的心情更為騷動。按照地圖的指示，我終於發現那簡陋的古老建築。帶著時間顏色的木板，承受著寒風的吹襲。木框玻璃倒映著紅葉，營造著淒涼而寂寞的氛圍。站在屋外，聯想著魯迅如何在窗內點燈夜讀，也想著他在冬天裡踏著白雪赴校上課的身影。他的肌膚所接受的寒風咬嚙，似乎就是他接受現代知識必經的過程。走了那麼遙遠的道路，恐怕不是為了參加會議，而是帶著崇敬的心來祭拜魯迅。在他宿舍前面，拾起一片楓葉，夾在書頁裡。如今我已找不到那一片葉子，但魯迅影像卻永恆進駐在我內心。

2

會議開幕那天，陽光的溫度恰到好處。發現第一位發言人原來是魯迅的兒子周海嬰，他長得高瘦，似乎很難從他的面容去想像魯迅。但是他的發言溫文爾雅，說話的神情特別內斂，似乎又有一點魯迅的味道。坐在第一排的來賓，又是一位高瘦的學者，我一眼就認出是林毓生，他是台大歷史系的學長，對五四運動的研究非常深入。他說話的態度平易近人，令人可親。因為讀過他所寫的《中國意識的危機》（*The Crisis of Chinese Consciousness*），對五四思想的流變及其發展有極為深入的詮釋。他對五四時期的知識份子，如胡適、魯迅、陳獨秀，著墨甚深。他認為魯迅對中國社會的理解，遠遠超過了胡適。這個看法與我非常接近，畢竟身為自由主義者的胡適，對思想的挖掘，對中國社會的理解，沒有像魯迅那樣觀察得非常透徹。開幕式結束時，我們在咖啡室站著講話。他顯然也知道我參加政治運動的事情，也問了我許多有關海外運動的問題。

我主動提起胡適與魯迅之間的比較，他第一句話就說，你不覺得胡適的白話文非常膚淺，沒有深度？我非常同意。例如胡適稱讚易卜生的《娜拉》的離家出走，很快就遭到魯迅的反駁。魯迅說，出走又怎樣，如果社會制度不公平，出走以後的娜拉絕對找不到容身之地，最後會乖乖回家。胡適強調的是個人的自由，魯迅觀察的重點是社會制度的不公平。我最早讀魯迅這篇文章時，非常同意他的看法。畢竟中國社會即使進入了民國，也還停留在傳統的權力支配之下。林毓生說，五四知識份子的反傳統，都有各自的立場。這與他們的出身與知識追求有密切關係，最後決定了不同的終極關懷。

在咖啡室，有機會與周海嬰談話。在自我介紹時，他好像恍然大悟，眼睛注視著我說，原來你就是他們所說的黑名單人物。他又很好奇，怎麼可能對魯迅的文字那麼著迷；在台灣，魯迅不就是高度禁忌的人物嗎？顯然他很清楚，魯迅在台灣所受的待遇。我說，我們這輩人偷看禁書，已經是一種脾性。凡是被國民黨查禁的作者，我們都會想盡辦法取得。我在研究所時期，就已經讀了魯迅、何其芳、卞之琳的作品。對我影響最大的，莫過於《阿Q正傳》。我情不自禁提起他的兒子周令飛，他與台灣的女子張純華在日本讀書時認識並且相愛。這個事件驚動了共產黨與國民黨的情資系統，台灣的黨政機關對張純華的父母施壓，必須召回他們的女兒。政治問題活生生拆散了一對情侶，但是張純華想盡辦法再度出國留學，並且與周令飛結婚。一九八二年，兩人回到台灣時，變成非常重大的新聞事件。周令飛後來決定住在台灣，並且也放棄了共產黨員的黨籍。

我向周海嬰提起這發生不久的事件，他開朗笑了。孩子有他們的決定，也有他們的道路要走，身為父母就祝福他們吧。這使我更加欣賞周海嬰，畢竟他的父母魯迅與許廣平，也曾經談了一場驚天動地的戀愛。這是民國時期的師生戀，由這個戀愛事件更可看見魯迅的行事風格。他與許廣平所留下來的《兩地書》，已經是中國現代史耳熟能詳的戀愛故事。沒有那場驚天動地的愛情，自然就沒有後來的周海嬰。當他能夠以開放的態度，看待周令飛的愛情時，想必也在於表達他對父母戀愛事件的理解。

主辦單位安排一場旅遊，到仙台海外的仙島住宿一夜。到達那裡時，我第一次看見日本東北的動人風景。坐著渡輪過去時，微波擊打著船身，讓我更加想念台灣。我聯想到高雄港的旗津渡輪，無論是風景或感覺當然完全不同。但是看著那平靜的海洋，我才知道自己離鄉有多久。在船上，再次與周海嬰有談話的機會。似乎可以感知，他並不樂於看見魯迅被捧得那麼高。我很明白他的心情，對一個台灣知識份子而言，魯迅被供奉在那麼高的位置，其實只是共產黨箝制思想的工具。同樣是一位思想啟蒙者，魯迅在中國被神格化，卻在台灣被妖魔化。兩邊所建構起來的魯迅形象，都是依照統治者的主觀意願去塑造，已經遠離了魯迅真實的生命。記得魯迅說過一句話，一個偉人死後就會變成傀儡。他對自己命運所受的待遇，終究有過人之處。魯迅等於被毛澤東綁架了，淪落成為共產黨的人質。我這樣說，周海嬰沉默不語，想必他點滴在心頭。

會議的最後一天，大會安排去參觀魯迅雕像，那是北京贈送給仙台的一個歷史紀念。與會者都站在雕像前聆聽解說，總覺得那些話語充滿了政治氣味。雕像四周題著中文文字，我看到落款竟然是郭沫若，甚覺掃興。對於這位賣身的文人，我從來都是抱著輕視的態度。據說中國有四大無恥，郭沫若高居首位。他可以寫詩歌頌列寧，也可以撰文遵從毛澤東。在任何能夠阿諛的場合，郭沫若從來不會缺席。魯迅雕像竟然由他來題字，恐怕使死者的靈魂永遠坐立難安。學術討論滲透了如此濃厚的政治氣息，讓我很不習慣。我離開那儀式性的會場，我寧可去看附近的北國針葉林，還有那紅葉燃燒的行道樹。

走了那麼遙遠的道路，其實只是為了向魯迅致意。在我海外生命的旅途上，魯迅是一個重要的象徵。原因無他，在他的字裡行間，往往可以嗅到當權者的腐臭味道。不管是民國時期或共和國時期，魯迅作品所散發出來的文化氣息，從來沒有得到恰當的尊重。種種旁枝末節的紀念儀式，反而使他的魂魄飄揚得更為遙遠。我去京都演講「魯迅在台灣」時，特別點出殖民地時期的台灣作家，所受魯迅思想影響的感召，遠遠超過一般人的想像，賴和便是一位魯迅的崇拜者。同樣的在台灣的日本知識份子，如尾崎秀樹對魯迅的尊敬超過任何人。站在魯迅雕像前，驟然讓我有一種心靈的衝擊。如果有一天可以回到台灣，甚至可以回到學界，我希望能夠開授一門課程，那就是「台灣魯迅學」。

我並不是抱持觀光的興致到達仙台，而是懷著膜拜魯迅的心情，去踏查早期中國文人的留學蹤跡。我仍然記得最初閱讀〈故鄉〉那篇散文時，似乎無法確切理解魯迅的用意。到達仙台時，便一切都明白了。當年他就是懷抱自我改造的願望，接受日本近代知識的洗禮。縱然沒有變成一位醫生，但日本的現代社會卻把他改造成現代中國作家。他的心靈結構已徹底被改變了，而且也搖身變成一位中國的陌生人。如果他沒有離鄉，沒有到達日本，就不可能出現文學革命浪潮中的魯迅。他終於寫下〈故鄉〉時，其實是喟嘆著中國社會的千年不變。在故鄉，他終於看見了兒時的玩伴閏土，竟然還是像童年時期那樣木訥。尤其閏土開口稱他為「老爺」時，頗讓魯迅震驚。只因為他學成歸國，就與童年玩伴處在不同的社會階級。他幸好出去留學了，幸好也選擇成為作家。我不免想像，如果魯迅沒有渡海留學，恐怕也像閏土那樣永遠不知道世界的變化。經過三天的會議，我告別仙台時，對魯迅生命的理解又更深一層。

東京人行道的銀杏

1

從仙台回到東京時，秋氣更深了。滿街的銀杏都幻化成褐色的葉子，在陽光下反而閃耀著金黃。當它還是綠色的葉面時，好像是一把秀氣的日本扇。風來時，整株銀杏樹顫動著葉片，好像跳著愉悅的舞踊。走在樹下，有一種歡呼靜靜在耳邊響起。尤其路過車水馬龍的表參道時，投射在人行路上的涼蔭，簡直是在預告一場盛宴就要開始。走到神保町時，還是可以看見整排的銀杏，刷出無盡的綠影。東京的秋天，處處都是黃金時光。即使走了漫長的路，還是捨不得停下來休息，總覺得盡頭還有更亮麗的葉子正在等待。北國的秋天，覆蓋在藍空下，萬里無雲，更加可以感受到銀杏樹釋放出來的情感。

在中央線的御茶水車站下車後，沿著人行道路過明治學院，就漫步走到神保町。這條道路有太多台灣知識份子的記憶，巫永福便是就讀明治學院。他所寫的短篇小說〈首與體〉，道盡了台灣留學生的矛盾情結。在那大都會裡，殖民地台灣人第一次見證現代都會的完好與魅惑。一方面他眷戀著現代生活的迷人，一方面又無法抗拒鄉村台灣的召喚。他的思考與行動，終於產生了精神分裂。在小說裡，他自稱是史芬克斯（Sphinx）的綜合體。那是埃及金字塔前面的人面獸身雕像，非常精確地點出殖民地知識份子的矛盾。

走過明治學院的圍牆時，我不禁駐足沉思。滿地都是金黃色的銀杏，而且葉子也在秋風裡一片一片掉下來。在那時刻，我好像更能貼近巫永福在小說裡所營造的氛圍。對於受到放逐的我來說，十餘年來在許多現代大都會旅行時，總覺得自己坐在太空船裡，在星球與星球之間漂流。到達東京時，我並沒有巫永福那樣的矛盾，反而有一種早日歸鄉的焦慮。一九八〇年代，東京已經跨入後現代社會。各種流行的品牌，都以巨大的廣告矗立在大樓上。站在街頭，我非常清楚自己絕對不是屬於這裡。從仙台回來這個都市時，不知道為什麼更加強烈想念台灣。

到達神保町，可以感覺濃郁的書香撲鼻而來。從來不知道舊書店可以散發如此高貴的氣息，更不知道這樣的書店竟像圖書館那樣，是依照日文的五十音羅列下來。只要能夠讀出作者的姓名，便很容易可以找到書架上的作品。在擁擠的書架之間，沒有任何喧譁。客人與客人擦身而過時，還是保持著禮貌。我來這裡，其實是為了尋找日本學者對魯迅的研究。那時已經知道，日本學界所發展出來的魯迅學，已經分成兩派：一位是東京大學的丸山昇，一位是民間學者的竹內好。他們各自的研究，完全是不同的方向。日本人稱之為「丸山魯迅」與「竹內魯迅」，分別帶領著取向完全兩樣的魯迅詮釋。離開學界那麼久之後，我仍然無法忘情對魯迅的著迷。畢竟，離開台灣後我才開始閱讀《魯迅全集》。這位文學巨人，帶領著我去認識什麼是左派思考，也帶領著我慢慢離開對胡適的崇拜。如果把遇見魯迅視為生命裡的再啟蒙，應該是恰如其分，因為他正好為我後半生的閱讀與思考，帶來全新的方向。

在舊書店街，第一次發現有一家內山書店。魯迅住在上海租界地時，就常常造訪內山完造所經營的內山書店，並且與他成為摯友。魯迅生前所閱讀的日文書籍，都是在這家書店購買。一九三六年魯迅去世時，內山完造就在他床邊。我無法解釋自己站在書店前面時的心情，有一種激動，也有一種親切。鋪排在店裡的書櫃與檯面，可以看見許多有關魯迅研究的日文書籍；甚至也有一些從北京進口的中文書籍，其中有太多的魯迅研究專書。那時文革已經結束，一部全新的《魯迅全集》也重新修訂出版，正好就擺放在我眼前的書櫃。從仙台回來，內心仍然有一股難以排遣的情緒。對於這位中國現代文學的重要啟蒙者，仍然還是為他抱屈。他去世那麼久之後，一位來自海島的台灣青年，總是不定期與他展開內心對話。必須在離開台灣之後，才從魯迅身上發現了文學的力量。那些靜態的文字，都產生於一九三六年之前。半個世紀已經過去，在他書中的字裡行間，猶然可以感受他所釋放出來的吸引力。

新中國建立以後，在毛澤東的指揮下，魯迅閱讀蔚為風氣。每年生產出來的魯迅相關書籍，可謂汗牛充棟。在那龐大的生產行列裡，在出版的時刻就已經決定了被遺棄的命運。真正敢說真話的魯迅研究者，可謂鳳毛麟角。這當然對魯迅精神構成極大諷刺，這位偉大作家終其一生都堅持說出真話。尤其在一九三〇年中國左翼作家聯盟成立時，魯迅堅持站在共產黨的對立面。反而，中國內部的魯迅研究者，不僅聽命於毛澤東的指導，甚至也甘於接受共產黨的命令。由這樣的人格來從事研究，簡直是對魯迅精神構成巨大汙辱。

在書店裡，希望能夠尋找到有關胡風的研究，結果毫無所獲。胡風是魯迅生前的關門弟子，他大概是最堅持魯迅文學信念的一位追隨者。放眼整個新中國，大多數的魯迅研究者完全遵循毛澤東所規定的路線，絲毫不敢溢出黨中央所畫下的界線。如果偏向魯迅精神的堅持，就有可能觸怒了毛澤東的領導。在中國境內，所有的文人都必須遵循毛澤東的「在延安文藝座談會上的講話」，也就是黨性遠遠超越人性。胡風所遵守的魯迅文學，事實上是強調人性與生命力的可貴，這種認知正好站在毛澤東的對立面。一九五四年，胡風完成一篇長文，題目是《關於解放以來的文藝實踐情況的報告》，呈獻給毛澤東。這也是中共所稱的「三十萬言書」。這種上書的方式，非常類似封建時期向皇帝的建言。在這份重要文件的字裡行間，胡風顯然無法接受黨的文藝政策。首先是一位以熊復為筆名所寫的〈為堅決肅清胡風反革命集團而鬥爭〉，另外又由人民出版社所編輯的《關於胡風反革命集團的材料》，一場腥風血雨的政治鬥爭於焉展開。從一九五二年到一九五五年，一場名為胡風集團的批判不斷擴大範圍，使整個中國文壇陷入了前所未有的政治批鬥。許多重要文件，都收入了四冊《胡風文藝思想批判論文彙集》。

對於胡風的閱讀，是我到達海外後因為接觸魯迅思想，而開始密切注意。我不免會這樣設想，如果魯迅繼續活著，應該也會說出胡風所提出的意見書。似乎可以想像，被鬥爭的可能不是胡風，而是魯迅本人。站在書店的二樓，我在每個書架搜尋，希望能找到這位悲劇文人的相關研究。那時已經是八〇年代，中國社會也進入了改革開放時期，胡風研究應該也獲得開放了吧。但是我完全找不到與胡風相關的書籍，因為那時他還未受到平反。他從監獄被釋放出來時，已經是一個精神病患。那是毛澤東文藝政策的偉大成就，為了一位手無寸鐵的文人，竟然逮捕了兩千餘人。這可能是文化大革命之前，反右運動之前，毛澤東所製造出來的重大政治事件。

從書店玻璃門望出去的街道，有太多旅人走過。這個曾經與中國發生戰爭的國家，已經進入太平盛世。年輕世代享有最開放的民主生活，相形之下，中國才正要走入改革開放的階段，政治陰影還是那麼濃厚投射在廣漠的亞細亞大陸。而我自己卻仍然帶著被放逐的心情，流落在美洲大陸。站在匆忙而撩亂的東京街頭，情緒有些茫然，那時候並不知道真正的民主有一天會降臨台灣。日本青年帶著開懷笑容走過樹蔭下，也有人手拿麥當勞的咖啡紙杯坐在路旁。那種從容悠閒的境界，於我是那樣遙不可及。

2

在山手線的原宿車站，可以望見對面的竹下通。那樣窄仄的街道，竟然擠滿了人潮。那時並不知道，竹下通是日本年輕人的朝聖勝地。原來最流行的商品，都在那裡可以找到。八〇年代的日本青年，似乎都帶著某種反叛的風味，到處都是染髮的男女。對我來說那已經是一個陌生的世界，後現代風潮席捲了整個歐美，那種餘風也吹向了東京。第一次認識到性別越界的風格，不分男女，只要年紀青澀，就有染髮的本錢。在洛杉磯、舊金山，我也見識過如此打扮；只是這種染髮習性，頂在東方人的頭上，還是覺得奇怪。竹下通不是我朝聖的地方，在這裡下車其實是要走到車站後面的明治神宮。

經過蜿蜒的道路，在密林深處，遙遙望見巨大的紅色鳥居。兩支高聳的檜木，構成了神宮的入口。站在鳥居下，看見旁邊有一個介紹神宮的木牌。走近閱讀說明時，上面寫著巨大檜木採伐自台灣的阿里山。看到這樣記載時，我整個記憶立刻拉回吳鳳的故事。台灣總督府所製造的吳鳳故事，背後其實是為了要占有阿里山上龐大的林木。透過故事，日本人形塑一個漢番和解的假象。故事裡散播番人受到吳鳳的感動，終於放棄出草的行為。故事背後的目的，其實是要祛除漢人的畏懼，使他們有足夠勇氣上山砍伐林木。

我伸出手掌貼在微涼的檜木上，彷彿是見到失落已久的親人。檜木的細微紋路，似乎與我的掌紋貼合在一起，一種沒有聲音的對話正默默展開。我對台灣歷史的再發現，其實已經遲到。必須在微近中年之際，才感受到海島歷史的傷痛，早就進駐我的靈魂深處。早年在宋代歷史漫遊時，總覺得自己為海島台灣伸出很長的觸鬚，去探索未知的歷史情境。記憶又立刻回到台大文學院的時期，在那古老的建築裡，我是那樣愚癡地埋首在線裝書的木刻文字裡。泛黃的紙頁，彷彿是時光的召喚，讓我全神投入古老年代的故事裡。那時大約是二十五歲，我對台灣歷史一無所知，卻對遙遠的十二世紀中國瞭若指掌。必須到達西雅圖之後，我才真正發現台灣。到達明治神宮時，我已經臻於三十九歲，頗具中年心情。那筆直而高大的檜木，又再一次喚醒體內的台灣感情。

站在神宮前面，我不免強烈聯想明治維新的日本。這個曾經高倡脫亞入歐的國度，大量吸收歐美先進文化，而造就了亞洲第一個現代化國家。當它的國力強大起來之後，台灣反而淪為日本殖民地。聯想到那樣的歷史記憶時，心情的惆悵沉重無比。我終於情不自禁想起父親，他年輕時期的背影一直讓我難忘。尤其在苦悶的時刻，他坐在夜晚的樓上，一個人獨自喝酒，並且唱起日本的演歌。在他身上，絕對找不到絲毫的宋代故事。身為他的孩子，我卻被訓練成中國歷史的研究者。歷史力量的沖刷，使父子兩代隔離在時間激流的兩岸。我無法理解他的日本感情，猶如他也無法了解我的中國感情。台灣歷史是如此嘲弄，而且不近情理，讓前後兩個世代毫不存在任何對話的空間。

我並不知道這趟日本之行，究竟會在我生命裡產生何種意義。我也不知道結束這趟旅行之後，我會為自己做了怎樣的抉擇。離開書店後，我獨自走在表參道的綠蔭下。人行道上的銀杏樹，不斷飄落金黃的葉子。只有在這樣的北國，秋天的景象完全與台灣不一樣。蕭瑟的涼風襲來時，銀杏葉加速飄落，好像在迎接一個失去方向的靈魂。我選擇道旁的座椅，希望尋找一個寧靜的片刻。坐在那裡，我看見深藍的天空，那麼乾淨那麼透明。從來沒有一個時刻是如此寂寞，完全無法辨識自己身在何處。我已經回到了亞洲，卻無法回到台灣。我到達東京尋找書籍，竟然是與魯迅相關的研究。我彷彿找不到與台灣相關的歷史書籍，望著洶湧的車潮，整個天地都在詮釋放逐的靈魂是多麼孤單。

在內心深處，我其實是在尋找台灣的方向。秋風滲入我的衣袖時，讓我更加懷念充滿陽光的南國。從十八歲那年進入歷史系之後，從來沒有任何欲望，要尋找台灣的歷史。整個大學四年，研究所三年，台灣史竟然隔絕在我的日常生活裡，課表上也從未出現有關台灣史的專題。如果大學教育與研究所課程都遮蔽了台灣，在受教之餘，根本不可能構築任何與台灣相關的感情。如果在我的世代還無法覺醒，為自己的海島構築新的歷史視野，那麼台灣史可能就在北半球消失無蹤。遙望著表參道的盡頭，依稀可以看見原宿車站的屋簷。那時還無法明白明治神宮對我的暗示，孤獨坐在人行道旁，一股前所未有的歷史意識湧上心頭。

黃昏時，我回到史明的住處。走進新珍味飯店時，年紀七十的史明，正站在櫃檯後面揮汗炒麵。他以責備的聲音對我說話，以後不要在外面吃飯，回來店裡我煮給你吃。我第一次感受到，這位革命前輩的真摯情感。聽到那樣的責備，我反而有欲淚的感覺。坐在門口的餐桌旁，看著他挺直背脊舞動著鏟子，正在為我準備一盤熱騰騰的炒麵。離鄉那麼久之後，其實自己的親情已經疏遠。很少有一位長輩，可以這樣訓斥我，又這樣關心我。我埋首吃麵時，他問我，看見了什麼。我漫不經心提到神保町與明治神宮，他卻開始與我談論魯迅。

這位革命家確實讓我感到震驚，總以為他只關心台灣的政治工作，沒有想到他也是魯迅的熱心讀者。他特別提及當年他參加中共的革命時，曾經在上海有過一段停留。縱然是在做地下工作，卻也曾經到虹口公園去參拜魯迅墓。他特別叮嚀我，絕對不要忽略《魯迅日記》。他說日記裡面記載著一些台灣知識份子的名字，強調殖民地時代的台灣人其實也都在偷偷閱讀魯迅。他也是其中一個，尤其對於一九三〇年代的魯迅相當熟悉。他說，不能忽略魯迅所寫的雜文，那是他革命精神的重要寄託。飯後，我跟他回到三樓的房間，拉開衣櫥，讓我看見裡面有一排魯迅的作品。這位馬克思主義者，這位革命運動者，從未放棄知識的吸收，也從未放棄對魯迅的閱讀。

在那時刻，靈魂深處湧出一股無法定義的感動。他常常說，革命也是一種做人的方法，不能因為政治的目的而完全無視人情世故的存在。他也特別提到，許多人參加政治運動，都培養了一種不近人情的批判精神。只要是批判，就認為是一種革命。他對我的提點，特別讓我難忘。也不知道為什麼，內心一直有一股強大的衝動，我終於向他承諾，此後我將投入台灣歷史的書寫，而且是要從台灣共產黨的謝雪紅寫起。但我知道，那不是一時的衝動，而是從明治神宮出來時的一個頓悟。東京的秋色，永恆地停留在我的記憶裡。尤其道路兩旁的銀杏葉，隨風飄在我身上的那種感覺，已經變成我生命無可分割的一部分。那個夜晚與史明的對話，於我是重要的承諾。我知道不久之後，便要開始書寫台灣歷史。整排街道的銀杏，彷彿是一個隱喻，象徵著一個全新生命就要展開。

江南事件的陰影下

1

一九八〇年代於我是浩浩蕩蕩的激流，穿越時通過太多的急湍與沖刷。每當回首瞭望時，總覺得自己深陷其中，感受自己不斷上下浮沉。那是一條無岸之河，似乎找不到任何中止點，甚至也找不到水流的盡頭。那是我最驚險的生命階段，即使在今天回望之際，不免有著此身雖在堪驚的餘悸。幾乎可以細數醜惡的權力奪走多少生命，一九八〇年的林家血案，一九八一年的陳文成命案，一九八三年的盧修一被捕，一九八四年的江南事件，一九八九年的鄭南榕自焚。每一個受害的生命，距離我特別遙遠，也特別接近。那時不免常常假想，這些被政治犧牲的幽魂，其實是代我受罪。那段時期，曾經接到無數恐嚇的電話，也接到許多威脅的信件。死神從來沒有如此靠近我，每當起床時，總會自問是不是還在人間。

那時我住在聖荷西北邊的一座木屋裡，到達舊金山的路程大約一個小時。受害的江南就在舊金山的漁人碼頭經營禮品店，每天早上從戴利城（Daly City）出發去上班。一九八四年十月十五日的早上九點，江南準備去上班，打開車庫時，陳啟禮率領兩位殺手開槍刺殺。江南的額頭、胸口、腹部都中了一槍，當場斃命。這種殘酷的行刑方式，正好是國民黨威權體制的縮影。江南因為寫了一部《蔣經國傳》，完全無法被當權者接受，所以才迢迢千里派遣槍手，進行報復式的暗殺。國民黨領導人顯然忘記，美國是非常尊重言論自由的國家。任何人因為書寫或發言而遭到干涉，是不可能獲得原諒。江南之死，使得一九八〇年代的政治死亡事件獲得中止。事件爆發後，整個舊金山灣區的華人社區，都生活在恐怖陰影之下。

我並不覺得訝異，在洛杉磯編輯《美麗島週報》時期，我就持續收到許多恐嚇信。身為流亡者，其實早已超脫生死之外。但是寄來的信件，有時是以紅色筆跡寫下恐嚇語言。在辦公室獨自閱讀時，不免覺得毛骨悚然。江南事件的發生，才讓我真實感受到恐嚇信絕非虛言。在籌備中的《台灣文化》雙月刊，也就在那段時刻積極進行。這份刊物，是由陳文成紀念基金會所支持，並且希望可以讓海外知識份子有一個發言管道。當我接受總編輯的職位時，就知道這是一個艱難的任務。伴隨著江南事件效應的擴大，在很多時刻覺得特別孤立。

在同一個時期，柯旗化先生也在台灣辦了一份《台灣文化》月刊，背後的支持者是陳永興。柯旗化是我的左營同鄉，他所編寫的《新英文法》，是整個高中時期的重要參考書。他是師範大學英語系的學生，在學中無故遭到羅織而成為政治犯。有很長一段時間，故鄉的街坊鄰居都盡量避開，不提他的名字。必須到高中時期，我才知道柯旗化這個名字所代表的意義。他身上所受的傷痕，就是戰後整個台灣的共同傷痕。他出獄時，整個社會已經受到全球化浪潮的席捲。縱然他遠在台灣編輯刊物，但是在心靈上覺得他非常靠近。有許多失落的感覺，也是在編輯《台灣文化》之際，一點一滴慢慢收拾起來。

生命裡，嘗到最寂寞的滋味，也許就在這個時期。在洛杉磯編輯《美麗島週報》的時候，辦公室至少有一群工作夥伴。但是，單獨編輯這份刊物時，卻完全由我獨自徵求稿件，也獨自編輯雜誌。我的編輯室，就是家裡的餐桌。每當稿件蒐集齊全後，便開車到一位打字小姐的家裡，她的名字是王春英。移民舊金山灣區不久，經由陳永興的介紹才得以認識。王春英是非常有效率的打字快手，她自己備有一台中文打字機，正好與我合作無間。當所有的文章都變成打字稿時，便是我開始剪貼編輯的時候。

在餐桌上，我攤開一張準備印刷的硬紙板，開始剪貼事先打好的文字稿。分門別類，決定文章的先後順序，每一期大約有八十頁，因此必須準備好八十張的硬紙板。早上兩個小孩出去上課時，我便開始工作。下午四點，兒子與女兒放學回來，編輯工作就告一段落。由於是雙月刊，每兩個月必須勻出一個星期的時間，全心投入編輯，直到整本雜誌編好。那是非常有規律的生活，每次把編輯好的雜誌版型，寄到紐約的基金會，剩下來便是我閱讀與書寫的時刻。

生活雖然很辛苦，卻是我與家人最緊密的時期。孩子放學回來時，就跟他們在後院童言童語。有時也會開車去一家甜甜圈的店 Winchell's Donuts，我喝咖啡，他們喝可口可樂。到現在，我還是強烈懷念那罕見的時光。兩個孩子很喜歡去那裡，因為可以常常遇到警察。只要看到穿著筆挺制服的高大警察走進來時，兒子的眼睛就開始閃閃發亮，甚至有時候也會主動與警察聊天。有一次兒子跟他們說，以後長大也要當警察，竟是讓他們笑得非常開心。稍後也會帶他們去社區圖書館，兩個孩子在書架之間來回徘徊，最後總是抱了一大堆童書帶回家。

多少年後，我總是不時回到那段歲月。我一方面在家裡工作，一方面看著他們成長。有時也會一廂情願想像，如果那樣的歲月可以持續下去，一定可以使我的人生非常幸福。只是內心裡，一直有兩股力量在拉扯。在編輯《台灣文化》的日子裡，也正在撰寫《謝雪紅評傳》，同時也定期為台灣的報紙撰寫政論。那可能是生產力最旺盛的時期，每個星期至少發表三篇政論。一九八七年宣布解嚴後，報禁也一併解除。除了定期為《自立晚報》寫稿之外，也在高雄的《民眾日報》、《台灣時報》發表政論。

總覺得，返鄉的日期就在不久。那年九月，特地驅車到舊金山的台灣辦事處申請護照。自從美麗島事件發生那年，我的中華民國護照就被吊銷，從此成為一名沒有國籍的人。我到日本參加魯迅會議時，反而是美國移民局給我一份「白皮書」，可以作為臨時出入境之用。在白皮書的國籍欄，打了四個英文字母：NONE，那是我第一次嘗到無國籍身分的滋味。終於辛苦等到台灣宣布解嚴，便覺得自己應該可以恢復國籍身分。在辦事處裡，櫃檯小姐遞給我一份全新的中華民國護照時，內心充滿了喜悅。我隔窗向裡面的小姐請教，持這份護照就可以回去台灣了吧。沒有想到櫃檯內的回答是，這個護照只是證明你的身分，但是不能回國。聽到這樣的答覆時，簡直無法置信。原來護照的號碼第一個字母是「X」，我後來才知道，一般護照的字母是「M」。

站在那裡，我久久說不出話來。面對窗內的小姐，我不免說出憤怒的內心話，「中華民國在國際上都得不到承認，現在這份護照竟然也得不到中華民國的承認。」窗內小姐只是冷冷看著我，完全不發一語。那可能是一九八〇年代，最感受傷的時刻。第一次才明白，返鄉的道路竟是這般遙遠。站在舊金山的街頭，強烈陽光所投射的大樓陰影，完全覆蓋了我的心頭。那時是夏天，海風吹來時，竟也傳來一絲寒意。在那怔忡的時刻，似乎又接受一次嚴重打擊。第一次是在西雅圖的一九七九年，被當時的領事館拒絕護照續簽時，我第一次感受到政治權力是如此傲慢。窗口內的辦事員完全不給我任何理由，只是輕蔑回答我：「你自己知道理由。」但是到今天，我還是無法釐清拒絕續簽的理由。如果是因為我在校園的同學聚會時刻，說了一些對政府的批評，因此而被密告，這恰好可以證明國民黨在海外的校園間諜確實是特別猖獗。我曾經是沒有國籍的人，如今擁有了國籍，卻還是找不到返鄉的道路。

2

一位手無寸鐵的作家，竟然勞動刺客遠道而來，並且被斃命於自己家裡的車庫。那種行刑的手法，確實過於野蠻，毫無人道可言。事件發生後，美國聯邦調查局就立刻從飛機旅客的名單，查出是由陳啟禮率領兩位凶手在前一天晚上抵達。江南遭到槍擊斃命之後，這些凶手在當天下午又立刻離境。這個事件震動了整個華府，陳啟禮背後的更高支使者，終於被查出是蔣孝武。如此毫無人道的行徑，顯然與上海黑社會的野蠻刺殺完全沒有兩樣。剩下來的都變成了歷史，美國國務院要求中華民國政府必須做出恰當解釋。那是對自由國家的言論人權構成極大傷害，也使美國政府疏於對人民的保護而臉上無光。那是國民黨統治台灣以來，最為慌亂而狼狽的時刻。從海外回望台灣，似乎可以嗅出蔣經國所掌握的權力不再那麼穩定。這位為台灣展開十大建設的領導人，進入八〇年代以後大權旁落，以致所有的政治秩序顯得特別混亂。

也正是在那段時期，為了緩衝江南事件所帶來的負面影響，美麗島事件的政治犯也開始獲得釋放。一九八六年秋天，呂秀蓮出獄以後便申請出國，她到達的第一站是舊金山。她停留的一個星期裡，特地到聖荷西來訪問我。將近七年的坐牢經驗，似乎沒有摧毀她的堅強意志。她坐在我家客廳，已是夜晚時分。呂秀蓮是相當健談的人，她在入獄之前曾經出版三本書，包括《尋找另一扇窗》、《新女性主義》、《台灣的過去與未來》。對於台灣的女性主義運動而言，呂秀蓮應該是最早的開拓者。身為黨外人士，她所看見的台灣社會，比起一般政治運動者還更深遠。如果我在女性議題上受到啟蒙的話，必須承認，呂秀蓮是最早開啟了我的全新視野。

在華大時期，我也接觸了她的《台灣的過去與未來》，在我早期的史觀塑造過程中，她的這本書具有相當大的分量。畢竟在那段時期，台灣史的建構還處在荒涼階段。由這位黨外女性所寫出來的歷史作品，確實使我開了眼界。在出國之前，就已經讀過她所出版的《新女性主義》。那是一九七〇年代的初期，捧讀那本書時，其實不甚了了。這自然是可以理解，畢竟在那段戒嚴時期，所有的知識傳播都與戒嚴體制的價值觀念互通。所謂戒嚴體制，那時還停留在男性中心論、異性戀中心論。在性別議題上，閱讀她書中的女性觀點，不僅覺得陌生，而且也有相當程度的抗拒。現在重新回望時，自然而然就覺得她確實是走在時代的最前端。當年她從國外回來，顯然已經受到西方第二波女性主義運動的影響。那時我才從台大歷史研究所畢業，所受的訓練都完全脫離不了父權的思維方式。

我那種僵化的思維方式，必須等到出國之後才發生鬆動。尤其在西雅圖的華盛頓大學，開始接觸左派的理論，才慢慢學習站在弱勢者的立場，重新考察自己曾經所吸收的學問。經過《美麗島週報》的政治洗禮之後，才獲得脫胎換骨的契機。美麗島事件發生時，我大約可以理解呂秀蓮所提倡的女性主義。到今天，我仍然記得，黨外運動的張俊宏曾經質疑她的女性立場，寫了一本小冊子，題目是〈女人，你的高跟鞋還要多高？〉。這可能是一九七〇年代風氣欲開未開之際，台灣男性出自本能的抗拒吧。呂秀蓮與張俊宏之間的初步交鋒，似乎可以視為一個時代的預兆。那是我離開台灣之前，所留下的最深刻印象。呂秀蓮後來又與一群女性工作者成立拓荒者出版社，發行一系列的有關女權意識的書籍。這確確實實是拓荒的工作，她日後會參加美麗島雜誌社，顯然與她的女性意識息息相關。

她到達舊金山時，經過朋友的聯繫，決定要來我的住處探訪。我自然是非常期待，畢竟她被逮捕時，我也在《美麗島週報》為她寫一首詩。在台灣史的領域上，她應該是我的前輩。《台灣的過去與未來》的封底有她一張照片，側坐在一把椅子上。我的朋友畫家謝里法描摹那張照片，而完成一幅巨大的油畫。後來我才知道，謝里法與呂秀蓮有親戚關係。謝里法的原生家庭也是姓呂，最後過繼到謝氏家族。那張油畫由林衡哲醫生購買，卻寄放在我洛杉磯時期的公寓裡。那是一種神祕的連結，因為在此之前從未與呂秀蓮有謀面機會。由於那張油畫懸掛在我公寓的客廳，我似乎與她有一種熟識已久的感覺。當她決定前來相聚，我內心自有一種殷切的期待。

呂秀蓮來到家裡時已經是晚上八點，我的兩個孩子也在等待，因為我告訴他們這位訪客也是他們所熟悉，油畫中的那位人物就是她。她來按門鈴時，全家都很興奮，我兒子搶先去開門。門啟處，她帶著微笑走進來。傳說許久的呂秀蓮真實出現之際，其實也有一種陌生感。她舉止從容，完全看不出是一位甫從監獄出來的受難人。至少她的氣色甚佳，談吐非常大方。陪她來的台灣同鄉為我們介紹彼此之後，她選擇靠窗的沙發椅坐下來。曾經在監獄所遭遇的折磨，似乎未曾在她的神情留下任何痕跡。我相信那是一種超越，也相信她不輕易讓過去的苦難流露出來。聽她平靜說話時，我反而有一種心安。

她與陳菊關在一起，這常常讓我聯想到台灣歷史的重要暗示。那段時期，總覺得這兩位女性帶著台灣歷史走過街頭，走過軍法審判，走過高牆後面的牢房。而這樣的女性史，必須通過如此艱難的政治折磨，最後才能找到出口。我坐在呂秀蓮對面的椅子上，專注凝視她說話時的神情，更加使我覺得台灣女性不凡的精神。畢竟她已經走了那麼遙遠而曲折的道路，到達我的客廳時，她已經接受過美麗島事件的洗禮，也經過傲慢體制的軍法審判。當她在說她的未來規劃時，不禁讓我神往，我常常想，如果自己也留在台灣的話，恐怕也無法躲過軍法審判。在內心裡，我不免會這樣想，呂秀蓮與他們同輩的運動者，其實是在代替我們這個世代承受各種政治的苦難。當他們完成這樣的試煉，我們這個世代自然而然就獲得豁免權。

尤其她提到，坐在牢房裡，她使用各種可以找到的紙張開始寫小說。在最匱乏之際，她甚至在衛生紙上繼續把未完的故事寫下去，那部小說就是後來出版的《這三個女人》。事實上，小說中的三個故事其實都是在描繪台灣歷史發展的過程。台灣就是女性，始終扮演著被命名、被定義、被解釋的角色。女性的故事必須由女性作家來撰寫，才能點出她們在歷史上跌宕起伏的命運。在美麗島運動中，想必她本人也嘗盡了男性權力的滋味。所以在獄中最孤獨的時刻，才能夠那麼清晰把女性命運的曲折，那樣真切描繪出來。當她說，還會繼續參與女性運動時，我便更加明白她的意志有多堅強。從一九七〇年代初期以來，這可能是我最靠近她的一次。而且可以真實感受，她從容說出內心話時，是累積多少年的鍛鍊與修養。在室內燈光下，她的前額一片明亮，那可能是我記憶中最好的北加州夜晚。

坐在後院楓樹下

1

即使坐在加州後院的楓樹下也可以感受到台灣的政治空氣，正在發生一些騷動。縱然已經離開洛杉磯，對於台灣內部政治氣候的變化，還是保持相當敏感。一九八三年之後，島上的黨外雜誌陸陸續續開始討論組黨的議題。手邊的幾份雜誌，如《新潮流》、《博觀》、《生根》，已經在探討組黨的可能性。在戒嚴體制下，這樣的議題顯然極為敏感；但是，文字上的討論已經獲得很大的空間。尤其是街頭運動的浪潮未嘗平息下來，不時可以看見群眾運動的消息。嘉義的鄒族青年終於把火車站前面的吳鳳銅像拉倒下來時，其實就已經預告威權教育體制的尊嚴已經徹底遭到踐踏。如果這樣的事件發生在一九七〇年代，參加運動者恐怕會被判死刑或無期徒刑。但是這場蔑視權威的運動，卻讓當權者束手無策。社會力量不斷高漲時，戒嚴體制的威信也就不斷下降。涉入政治運動的浪潮以來，慢慢養成敏銳的嗅覺，在遙遠的島上有任何風吹草動，鼻子可以敏感地嗅出政治氣候的變化。當街頭運動起落有致地發生時，似乎可以察覺那平靜已久的土地就要翻身。一個全新的時代，正轟然疾馳而來。那種速度，那種節奏，是過去那寧靜的社會所未承受過。

在深夜裡，為台灣的報紙撰寫政論之際，不免會去設想反對黨有可能誕生嗎？加州深夜的天空特別亮麗，滿天星斗總是匯集在我的窗口。那已經是我熟悉的星光，總是覺得有好多眼睛正在偷窺我寫字的速度。那是最安詳的夜晚，心情的雜質也早已沉澱下來，並且讓出很大的空間，容許各種想像開始奔馳。在那樣的時刻，正好可以梳理白天所殘留下來的思考。有好幾個晚上，想要撰寫與組黨相關議題的政論。組黨的念頭浮起時，就覺得那是不可能的任務。戰後的台灣歷史，並非沒有人嘗試投入組黨的工作。一九六〇年，雷震也曾經醞釀要另組「中國民主黨」，卻遭到逮捕並且判刑十年。他曾經是蔣介石所倚重的黨員，竟然被羅織為知匪不報。相形之下，黨外雜誌竟然可以沸沸揚揚公開討論反對黨的議題。這個事實，讓我更加確認國民黨的威權正在風雨飄搖中。在國民黨之外，另成一個政黨，這是多麼冒犯、多麼猥褻的思考。在夜半時分，星斗開始下垂，不免在內心升起了一股焦慮，身為歷史研究者，眼看台灣社會就要進入一個新的時代，卻在歷史現場缺席，那無疑是生命中的一大缺憾。

我非得回去台灣不可，非得在歷史現場見證一個政黨的誕生不可。仰望滿天的星斗，總覺得它們在注視著我，也在質疑我，催促我必須在歷史翻滾的時刻，不可缺席。離鄉實在太久了，讀著黨外雜誌上討論組黨的文字，確實帶來一種急迫感。到達一九八六年時，我離鄉已經十二年。這麼長的時間，足夠讓一位小孩完成他從出生到小學畢業的階段。整整一個世代的誕生與成長，我全然都不在場。在不能返鄉的歲月裡，我是那樣振筆疾書，生產那麼龐大的文字，其實是為了證明自己的存在，也為了證明我的文字已經回到歷史現場。這樣自我安慰時，完全無法治療我的心虛與空虛。

仍然清楚記得，一九七四年九月，從松山機場離境時，就有一種天人永隔的錯覺。那時母親特地送我走到海關的門口時，整個出境處都是由毛玻璃隔離起來，只要跨進去就再也看不見來送行的母親。母親一直掉眼淚，神情極為無助，我也同樣以淚眼回望她，說不出任何一句話。生命中第一次嘗到生離死別的滋味，那是我第一次遠行，竟然覺得母親是一位送行者。只要走入出境的門口，立即就是另外一個世界。遠行的我，竟然說不出任何一句遺言，在稍縱即逝的剎那，我立即武裝自己走進出境的門口，再也不敢轉身回望母親。那竟是一個非常不友善的年代，整個離境機場的設備更是不友善，在出境處的工作者更不友善。沒有誰具有抗辯的能力，只能俯首接受這種安排。

在深夜的聖荷西，總是不斷回想松山機場的那一幕。那樣的記憶，一直深深帶著刺痛。被隔離的不只是父母的親情，而是整個鄉土與我的生命全然切斷。一九七九年，美麗島事件發生前，我的中華民國護照竟然得不到續簽。在被拒絕的那個時刻，似乎已經預見了未來無窮盡的流亡。如果威權體制繼續存留在島上，就注定我永遠回不到故鄉。美麗島事件後的世紀大審判，隔海瞭望一個個民主運動者受到判刑，我可體會自己的返鄉之路更為坎坷。但是進入一九八〇年代之後，我反而更加察覺政治騷動並未停止下來，卻燒起了更多的憤怒，也牽動了更多的不安。必須過了多年以後，我才慢慢明白，台灣知識份子已無法接受高度的威權統治。如果海峽對岸的中國社會也進入改革開放的階段，台灣更不可能維持不變。屬於我世代的朋輩，不僅是戰後的世代，而且也是二二八事件後的世代。對於家國的態度，已經無法坐視威權體制持續橫行下去。

像我這樣循規蹈矩的學生，曾經在台灣是何等馴服。在黨國教育下，總是永遠名列前茅。必須離開那監獄般的鄉土之後，終於無法繼續忍受長期從事思想檢查的統治者。我與我的朋輩，是屬於公民不服從的世代，已經可以認識什麼是人權，什麼是人格尊嚴，什麼是思想啟蒙的力量。蓬勃出版的黨外刊物與書籍，似乎不斷在挑戰國民黨的威權，尤其經過江南事件之後，蔣家歷史的內幕，已經變成台灣社會茶餘飯後的話題。權力的尊嚴，就像一座輝煌的城堡，不斷崩潰。千瘡百孔的高牆，再也抵擋不住社會底層所釋放出來的憤怒聲音。

組黨的思維不斷升起時，似乎也意味著一黨獨大的威權次第下降。那年，我有一種時間的焦慮感，只要再過一年，就要到達四十歲。中年逼近的心情，不僅覺得無助，而且近乎絕望。縱然每天都在撰寫政論，彷彿生產力極為旺盛，卻無法掩飾我早衰的心靈。深夜裡埋首寫稿之際，總是有一種荒廢或浪費的徒然。如果決心要回到台灣，絕對不可空手還鄉，必須要有一個具體的書寫成果，帶回自己的土地。尤其意識到一個翻轉的年代就要到來，縱然不能返鄉，至少要給自己一個雄辯的武器帶回台灣。有這樣的意念時，思考裡所聯想到的一個議題，便是撰寫《謝雪紅評傳》。迎接自己的中年，可以藉由一冊完整書籍的撰寫，為自己下一個精確的定義。

隱隱中，似乎可以望見舊時代逐漸離去。見證了黨外新世代的雄辯文字，其實也在見證一個時代的心靈就要誕生。進入初秋的加州天空，在我眼前展現了完全沒有邊界的蔚藍。那時我剛剛走出史丹佛大學的胡佛圖書館，雙手滿滿抱著書籍。那是殖民地時期的歷史記憶，其中兩冊與台灣共產黨有關：一冊是林木順所寫的《台灣二月革命》，一冊是蘇新所寫《憤怒的台灣》。那時我正積極準備重建謝雪紅的生命過程，也要進一步確認台灣共產黨的革命活動。在停車場，遇到一位台灣同鄉，他興奮地告訴我，黨外人士已經組黨成功。聽到這個消息時，內心不免有了極大震動。可能嗎？真的有可能嗎？發動車子時，我仍然半信半疑。如果形容那時的我是飛奔狀態，那大概就是興奮心情的流露。回到家時，立刻撥長途電話回台北，果然證實這個消息正確。那一天，是九月二十八日。不久之後，家裡的電話不斷響起，從各方來的傳言證實，民主進步黨正式宣告誕生。

2

跨過那年秋天，整個心境彷彿全部刷新。從書房的玻璃窗望向後院，看到那株挺拔的楓樹正在變色。季節正在轉換，時間的節奏似乎越來越快，甚至也可以感覺，歷史的腳步也正加速前進。我並不知道自己的回鄉願望什麼時候提早實現，但至少已經見證了一個新的政黨正式誕生。這個政黨是不是可以存活下去，可否得到社會的承認，一切都沒有確切答案。那時常常密切注意台灣的新聞消息，深怕這個在野政黨突然遭到封鎖，建黨的參與者也遭到逮捕。就像美麗島事件那樣，累積長達十年的民主運動，一夜之間突然被撲滅。畢竟不在歷史現場，總是毫無緣由地為這個政黨擔心。若是他們被逮捕，台灣民主的進程恐怕又要倒退十年。長期對戰後台灣歷史的觀察，從來不曾懷抱樂觀態度。我聯想到戰後初期的無黨無派人士，只因為參加選舉，就無端被羅織入獄。

我也擔憂著，雷震夢想中的中國民主黨，一直以來沒有實現的機會。只在討論籌備階段就立刻被逮捕，這樣的事件會不會再度發生？我不是悲觀論者，但歷史事實常常使我感到悲觀。一個胎死腹中的政黨，最後牽連出太多的涉案者，甚至無辜的知識份子也被判刑入獄。自由主義運動的坎坷史，其實就是台灣民主運動的挫敗史。有時我會樂觀一點去思考，雷震的時代並不等同於美麗島事件後的時代。相較之下，雷震的活動只侷限在讀書人之間，完全沒有群眾的基礎。而黨外運動的性質迥然不同，它的支持者來自廣大的群眾，社會基礎極為穩固。畢竟，七〇年代以降的黨外運動，自始就與底層百姓結盟在一起；只要被捕、被判刑，就有可能帶出更多的運動者。美麗島大審之後，整個台灣社會的氣候已經完全轉向。當權者的威信，再也得不到群眾的認同。

那段時間完全沒有網路，只能透過國際新聞去窺探台灣。每天晨起，首先去檢查傳真機是否送來台灣的消息。早餐後，立刻翻閱聖荷西的報紙。只要與台灣相關的訊息，便情不自禁特別關注。當時，在華人書店可以購買的報紙就是《世界日報》，我總是不辭辛勞驅車到書店，只為了確知民主進步黨平安無事。所有的報導都是受到國民黨的檢查，因此任何的社論或評論，都相當完整代表了國民黨的立場。在新聞敘述中，他們把甫誕生的政黨稱為「冥進黨」，或是「民×黨」。顯然在建黨之初，縱然沒有進行圍捕，但至少也沒有給予正式承認。報紙的社論，總是在鼓動著敵愾同仇的情緒。那時總會在內心告知自己，只要這個政黨還存在著，希望就不會滅絕。

距離自己的故鄉如此遙遠，都只能在報紙的字裡行間尋找蛛絲馬跡。在內心裡告訴自己，只要在野黨還在，政黨政治有一天就有可能誕生。身為歷史研究者，對於任何事件的過程必須保持敏銳嗅覺。我頗知在野黨的政治意義為何，畢竟政黨一分為二時，便意味著台灣社會的多元文化即將到來。有太多人已經習慣單一價值的思維方式，特別是國民黨的信仰者。他們完全無法接受新的政黨從天而降，更無法接受民間底層的批判力量不絕如縷。我已經習慣了美國的民主生活，更習慣民主黨與共和黨之間的輪替。那是個相當健康的社會，完全不必擔心因為言論或政黨的緣故而無端失蹤。在那段時期，我從來不敢奢望可以回到台灣，但內心深處卻存在著小小的願望，希望在有生之年看到兩黨政治發生於自己的故鄉。

在同樣的一九八〇年代，整個亞洲都吹起民主之風。北方的韓國，南邊的菲律賓，強人政治都開始受到挑戰。甚至在遙遠的歐洲，蘇聯、東德、波蘭的政治改革也正蓄勢待發，後來這股風潮日後就被稱為「蘇東波浪潮」。這種連鎖式的政治運動，帶給我太多的幻想與夢想。我不能不把這樣的歷史方向與台灣的政治現實連接起來。歷史前進的速度比我的想像還要快，至少在我理解的範圍裡，共產國家並不可能迅速瓦解。記得在一九七五年選修俄國史的課堂，講台上的教授曾經這樣表示，資本主義國家比起共產陣營還要脆弱。她是具有左派思想的知識份子，那時並不訝異聽到這樣的評論。如果她還記得自己曾經的發言，面對蘇東波浪潮時，不知會是怎樣的心情？

我從來不相信，歷史發展是有一定的規律。學習歷史以來，我總是覺得人類文明的發生從來都是偶然的。只有馬克思主義者，才會教條地相信歷史發展有其法則與定理。如今，親眼目睹歐共的次第潰散，正好印證了馬克思主義所嚮往的理想社會之虛構。民主之風開始吹向古老的東亞資本主義國家時，也更進一步侵襲著亞細亞大陸。身為歷史研究者，對於政治的任何風吹草動總是特別敏感；知道國民黨沒有在第一時間採取阻止民進黨的行動，我不能不相信背後應該有華府的干涉力量吧。聖荷西的秋色更濃時，我益加確信，台灣社會應該已經準備接受政黨政治時代的到來。在有生之年，可以親眼見證歷史的翻轉，我特別感到慶幸。如果在野黨能夠繼續存在下去，緊接而來，想必將牽動文化與文學生態的轉移。這樣的看法並非沒有事實根據，只要密切觀察一九八〇年代以後的崛起作家，就可察覺在創作技巧與文字運用都有全新面貌。

我並不迷信經濟決定論，卻比較關切文學變化的背後，一定暗藏非常豐富的社會密碼。至少我已經意識到作家的勇於揭露自己，尤其捧讀白先勇的《孽子》之際，我終於清楚感受時代確實不一樣了。這樣的主題，曾經遭受黨國時期的壓制，畢竟同志議題的書寫，完全悖離儒家思想的主流，也違背了民族主義的期待。僅僅是一部長篇小說，釋放出來的文化能量遠遠超過政治批判太多太多。在故事裡，白先勇絕對不只是對抗異性戀中心論而已，凡是支持長子繼承制的傳統文化或戒嚴體制，都是這本小說的潛在論敵。在加州閱讀《孽子》時，我更加能夠體會文學的力量。過去都是政治權力在干涉文學，現在則是作家以他的筆干涉政治。這是非常漂亮的歷史轉折，從小說敘述隱隱可以感覺作家的位置再也不是那樣卑微。相反的，文學是歷史的重要暗示，讓讀者接收了時代變化的訊息。

若是文學如此，則新的政黨誕生更是不容輕估。那不只是對威權的挑戰而已，而是讓戰後以來所有受到壓制的族群、性別、階級想像，做了最完整的政治反撲。政黨往往是一個社會願望的投射，縱然民進黨還處在最脆弱的階段，卻對我這個世代產生了無窮的召喚。這個政黨誕生於蔣經國身體狀況最衰弱的時刻，國民黨內也進入派系鬥爭最激烈的高峰。這彷彿是歷史適時為這個島嶼開了一扇門，只要順利穿越過去，也就等於通過一個命運之門。歷史之門開啟時，如果畏怯了，再也不可能出現第二次機會。我後來慢慢覺悟，那是不知名的神無意間洩漏了天機，稍縱即逝。那年的聖荷西秋天，是我到達美洲後最沒有緊張情緒的季節。我把塵封許久的詩集又從書架取下，坐在後院的那株楓樹下，盡情耽溺在詩行之間的漫遊。

卸下枷鎖的海島

1

對於歷史沖刷的力量，曾經覺得非常遙遠。進入一九八〇年代之後，不時可以強烈感受到，與時間交錯而過所擦出的火花。那是我前所未有的感覺，在學生時期，尤其在一九七〇年代政治最震盪的時刻，總會覺得台灣社會永遠凝滯不變。那時生活在台北的城市裡，總是可以接收一些遠方的信息。越南的戰火，釣魚台的失落，退出聯合國的波瀾，《上海公報》的衝擊，總是在心靈產生震撼之後，社會又歸於平靜。那種平靜可能是假象，卻讓一位讀書人持續安於寫詩，也安於解讀線裝書上的宋代歷史。遠方的風浪到達台灣海岸時，就只剩下微微的泡沫。也許當時的心情過於年輕，也許整個魂魄被監禁許久而不覺外面的變化，在加州重新回顧那段政治變化時，才鮮明地感到驚心動魄。關在海島裡面，所有真實的消息都已經被過濾；至少從官方報紙所獲得的信息，無法察覺真實的險境。那時最流行的政治口號，就是「處變不驚」。果然，整個時代沒有改變，整個心情也沒有受到驚嚇。

後來才終於明白，必須離開台灣，才能看見真實的台灣。整個東亞的政治版圖，徹底經歷了一次翻轉，台灣的讀書人仍然感覺心安理得。從自己的土地抽離出來，不免浮起「此身雖在堪驚」的餘悸。出國那麼短的時間，一夜之間都驚醒了。從此以後，整個心靈結構都重新再造。時間的激流擊打在心坎上，那種痛楚都可以仔細分辨。那時坐在華盛頓大學圖書館的窗口，微涼的秋風襲來時，不免感到顫慄。整個政治大環境的板塊挪移之際，身在台灣完全沒有感覺；身處美國的邊城，卻可以觀察得那麼清楚。那時總會常常發出悔嘆，自己的命運如此受到耽擱，卻仍然懵懂無知。靈魂一旦覺醒，整個人格也跟著受到改造。如今面對著一九八〇年代的台灣，更加可以感受席捲而來的歷史是如此龐沛。尤其見證一個反對黨乍然誕生，別說我這樣的讀書人不敢置信，權力在握的保守統治者恐怕更加方寸大亂。只要政治堡壘的圍牆稍稍動搖，權力結構必然露出縫隙。台灣社會底層的任何自由願望，都將從縫隙中迸裂出來。

那種政治動搖的力量，也從遙遠的東方擊打著我的身軀。翻過一九八七年，歷史的走向已全然不同了。很久以後才知道，整個保守的統治集團正在苦思，如何因應新形勢的變化；究竟選擇釋放權力，或是選擇加緊控制，那是相當掙扎的問題。也是很久以後才明白，美國華府不斷與台北進行溝通，希望實施長達三十八年的戒嚴令能夠鬆綁。台灣歷史畢竟已經到達一個分合的路口，整個大環境再也不能容許倒退的、自私的、偏頗的政治體制繼續存在下去。坐在加州書房的窗口，似乎也可以感覺天上的星斗正在移動。世間的人事，絕對不可能維持永遠不變。如果可以容許反對黨合法化，就等於宣告戒嚴體制的威權已經失去合法性。在戒嚴令下，絕對不容許人民有結社的權利。如果民主運動人士不畏死，則戒嚴令的任何威迫利誘，再也不可能產生任何效果。一九八七年的春天，是台灣的民主之春，也是整個海島黑暗歷史的曙光。有生以來，我第一次以身為台灣人為傲。這種傲不是驕矜，而是投射在我身上的一種榮光。

從島外觀察時，非常清楚那種湧動的力量並不只發生在台灣。那種民主之風席捲了全球，那時可能並不明白這種骨牌效應式的政治變化，其實與全球資本主義化有著千絲萬縷的關係。在韓國，在菲律賓，也同樣出現了類似效應。必須過了很久之後，才知道全球化的力量有多大。那時常常去柏克萊的舊書店造訪，發現有許多新的文學理論紛紛降臨。當我還停留在馬庫色（Herbert Marcuse）的批判理論時，全新的大理論（grand theory）已經在西方學術界形成了風潮。我離開學院太久，並不知道整個生態環境已經有全新的轉向。縱然我出入於史丹佛大學與柏克萊的加州大學校園，但都只涉獵圖書館裡面的藏書，並不知道學術風向已經有了重大轉移。

在那段時期，我終於接觸了詹明信（Fredric Jameson）、伊戈頓（Terry Eagleton）、羅蘭．巴特（Roland Barthes）的專書，明白留存在我內心已久的學術典範，終於都遭到了正在崛起的大師所取代。坐在柏克萊樹蔭下的咖啡座，我靜靜告訴自己，不能夠再依賴過去的信仰與思考來解釋這個世界。別說台灣社會正在改變，整個世界也在改變。有生以來，第一次如此嚴肅去面對全球化（globalization）的議題，也第一次開始注意到晚期資本主義如何席捲整個東亞。一九八〇年，鄧小平南下廣州，並且宣布中國必須走向改革開放的路線。我忽然明白了，原來那樣嚴峻保守的社會主義體制，終於也必須開門迎接晚期資本主義的到來。台灣在一九八七年終於不得不宣告解嚴，不也正印證了全球資本主義的影響力量。

後來我才慢慢明白，晚期資本主義是西方帝國的進階發展。在我生活裡，咖啡是我這輩子無法戒掉的飲料。還在西雅圖讀書的時候，那是一九七〇年代中期，華大的學生常常邀請到港口的一家小小咖啡店，大家圍坐在小小的桌子，一杯在手，就可開啟整個晚上的話題。

那家咖啡店的名字就是後來的星巴克（Starbucks）。當時並不知道碼頭旁邊的小咖啡店，有一天可以翻身成為龐大的帝國。從星巴克的歷史發展，就可推知晚期資本主義的擴張途徑。遠在一九七〇年代中期，當時還是個初入博士班的學生，對於整個世界經濟的變化，還不是那麼明白。必須要過了中年之後，而且是在海外政治運動浪潮中翻滾過，才開始意識到外面那巨大的世界，已經有過劇烈的板塊移動。

一九八七年，我正好進入四十歲的中年。在那敏感的時刻，終於看清楚自己的前半生是何等艱難，又何等曲折。我是屬於二二八事件的世代，一九四七年在高雄出生時，完全不知道迎接我的時代是那樣殘酷。進入一九五〇年之後，台灣已經受到戒嚴體制的統治。在成長過程中，並未感覺到整個命運已經開始受到箝制。但是，從我父親與舅舅的表情來看，覺得他們面容的肌肉總是緊繃著。那種肅穆的神情，好像擔心只要笑出來，就會破壞了什麼。終於到達海外之後，而且發現了二二八事件的真相，才第一次感覺到我的父舅那一輩，是如何穿越鐵絲網那般的歲月。對他們來說，時間的速度特別緩慢，彷彿是帶著刺痛迎接生命中的每一天。而我知道，父舅的朋輩中間，有不少人是無故失蹤。那些黑暗的記憶都禁錮在他們各自的身體裡，深怕家裡的孩子會窺見他們那時代的命運。也只有保持高度沉默，才能使他們的孩子與那個時代清楚隔離。

那種精神上的凌遲，也必須到達海外之後才終於明白。這也是為什麼，民進黨宣布成立時，我強烈感受到那漫長的嚴峻時代，就要宣告終結。我不知道留在台灣的父舅他們，是否也跟我分享同樣的喜悅。也不知道他們是否可以預見，一個全新的時代就要展開。即使在越洋電話中，我也不敢提起如此敏感的議題。我們還是假裝在噓寒問暖，也假裝忙著向彼此報平安。畢竟一個在野政黨宣告誕生時，會不會招惹更大的報復到來。遠在故鄉的父母，絕對看不到我在海外所發表的文字。父親大概會感到納悶，為什麼越洋電話中的兒子，在語氣上似乎顯得有些激動。但是我還是盡量壓抑自己，深怕內心喜悅的心情流露出來時，又會帶給他們麻煩。那時我已經知道，調查局的特派員總是定期造訪家裡，希望能從父母的口中，推知我在海外的政治活動。每週一次的定期拜訪，表面上非常禮貌，其實是要透露我的父母已經受到監視。

2

一九八七年七月十六日，終於正式宣布解嚴，並且也宣布要撤銷台灣警備總部。這個消息傳來時，在聖荷西的朋友還特別邀約去參加晚餐，共同慶祝這個日子的到來。解嚴，這個名詞聽來是何等陌生。從字面來看，好像非常輕鬆，卻是我一輩子的經歷。整整四十年的歲月，在台灣的同輩並不知道自由的滋味是什麼；甚至我的小學同學，過了二十歲便因病早夭，他終其一生，彷彿是活在監牢裡。他可能不知道，自己的身體是活在一個巨大牢籠裡，也不知道精神上其實承受著無形的枷鎖。如果我沒有離開台灣，投向一個思想自由的天地，也可能完全無知於什麼是自由的飛翔。在二十七歲時到達西雅圖，才第一次嘗到什麼是解放的意義。可憐的父舅，可憐的朋輩，繼續留在台灣，接受著看不見的鐵蒺藜之纏繞。

對於政治特別敏感的我，在民進黨宣告成立的那天，我的心情已經準備好要迎接一個不同時代的到來；只是並不確知，民進黨會不會被解散，或者國民黨會不會宣布解嚴。那年二月，葉石濤終於出版了《台灣文學史綱》。在聖荷西收到那本書時，內心起了大震動。如果戒嚴體制下的台灣史家可以出版這樣的作品，那麼與台灣相關的各種知識，應該在不久的將來都會陸續誕生。我清楚記得，葉石濤在一九六五年十二月的《文星》，發表他戰後的第一篇中文書寫，題目是〈台灣的鄉土文學〉。閱讀那篇文章時，我正坐在輔仁大學的圖書館。那年我才是大一新生，對新鮮的知識充滿高度好奇。在那篇文章的最後，我清楚記得葉石濤說，「在我有生之年，希望能夠寫出一部台灣鄉土文學史。」當時才涉入知識大海不久，並不知道台灣文學史的意義是什麼。

一九七七年發生鄉土文學論戰時，我在西雅圖的華大校園，閱讀了葉石濤在《夏潮》所寫的一篇長文〈台灣鄉土文學史導論〉。我內心怵然一驚，原來葉石濤從來沒有放棄過當年立下的誓願。那種理想的堅持，對於我這個世代可以說是雷霆萬鈞。那時候我已經非常明白，在戒嚴時代思考台灣文學史的建構，其實有相當高度的政治意義。畢竟，當年的主流論述都是以中國歷史的思考為掛帥。在主流論述之外，另闢一條歷史軸線，似乎隱含著一定程度的抵抗精神。又過十年的一九八七，我竟然看到《台灣文學史綱》終於宣告誕生，內心之激動，似乎沒有恰當的言詞來形容。如果這樣的文學史可以順利出版，是不是意味著威權體制已經開始受到挑戰；或確切地說，威權體制恐怕已經雄風不再。我敏感的鼻子，已經嗅到時代的風氣正準備著刷新。

宣布解嚴的消息，席捲了整個東亞。即使是在遙遠的北美海岸，也可以感受到怒濤洶湧。而我相信，在台灣參加建黨運動的朋友，應該也體會到什麼是九死一生的滋味。解嚴時代的到來，當然也強烈暗示了民進黨可以正式合法化。國民黨在宣布解嚴時，不僅解除黨禁，也同時解除報禁。言論自由的枷鎖，從此也正式卸除下來。我確實感受到，台灣社會已經翻越了一道困難的障礙，同時也翻過了歷史的重要一頁。當時正在撰寫《謝雪紅評傳》，我內心的許多禁忌也一掃而空。畢竟這部傳記，寫的不僅是台灣史，也是女性史，更是左翼史。當初提筆建構這位女性歷史的傳記，自然有我個人的微言大義。因為存留於台灣社會的主流論述，強調的是中國、男性、右派；而我所建構的是，台灣、女性、左派。我所要干涉的，是針對著戒嚴體制所衍生出來的各種論述。而謝雪紅生命史的重建，正好給我一個恰當的切入點。

有生以來，我第一次那樣生動地感受到歷史力量的衝擊。畢竟我在海外所發表的文字，以及我所信仰的政治理念，都是國民黨主流論述所不能允許。宣布解嚴之後，我隱隱可以感覺歷史正以輕快的節奏前進。在落筆之際，覺得流露出來的字字句句，也是一樣輕快。女性傳記的建構，在那樣的年代尤其困難。畢竟，與女性相關的所有史料，完全無法與歷史上的男性相提並論。沒有人願意為一位女性保留檔案，更何況謝雪紅是一位左派人物，更是一位反叛者。尤其在中國歷史上，只要是扮演叛逆的角色，更不可能在檔案裡存留隻字片語。我決心要為她立傳，主要是因為她的生命與我的時代息息相關。尤其在二二八事件發生時，她領導著武裝部隊來對抗國民黨。也正是在那一年，我出生了。在我整個成長歲月，從來沒有聽說過謝雪紅這樣的名字。必須到達西雅圖之後，才從泛黃的報紙裡發現她的身影。

在整個思想不自由的年代，葉石濤都敢於營造他的歷史之夢。而遠在海外的我，自然更可以勇敢作夢，為一位叛逆的女性建構一部傳記。在宣布解嚴那天之後，我便開始積極蒐集資料，不斷在柏克萊加州大學與史丹佛大學之間奔波。那也是我在海外未曾有過的明亮日子，可以放情投入歷史之海，勇敢探索政治遮蔽下的歷史奧祕。北加州的天空，總是那樣透明而蔚藍。為了營造一部歷史傳記，陰霾的內心世界也慢慢敞開。那時常常坐在後院的楓樹下，接受夏天的微風從舊金山海灣襲來。我仔細閱讀著圖書館借回來的書籍，希望能夠尋找與謝雪紅有關的蛛絲馬跡。那是我到海外之後，少有的開朗歲月。時代已經不一樣了，我慢慢學習不再自我壓抑，也慢慢卸下許多苦難的情緒。

我的十一歲兒子與八歲女兒，每天下午四點從學校回來。如果不是在書房與我漫談在學校的新鮮事，便是到後院來邀我一起講故事。因為流亡的緣故，他們只能在美國的小學讀書。即使成長背景是何等不同，他們也能夠理解這位父親的沉重心情。那一天他們回來，發現父親的神情特別開朗。我並不知道要如何向他解釋，台灣社會正在改變，而且即將變得更好。他們只是感受到，這位父親的眼神釋出多少喜悅。我說，今天爸爸不要看書，帶你們去肯德基買雞塊好嗎？兩個孩子驚聲尖叫，不知道為什麼那一天的空氣特別快樂。

有太多的記憶，想要與他們分享。也有太多的情緒，要由他們來分擔。但是最後我還是沒有說出，因為需要用很多的語言來解釋。他們在北美的土地成長，天生就享有自由的滋味，更享有開放的言論空間。我只能跟他們說，好好享受這快樂的時光吧，因為爸爸今天有太多的喜悅，以後再慢慢與你們分享。他們清澈的眼睛望著玻璃窗外，好像這個世界沒有什麼能傷害他們。我不願意把自己的苦難轉交給他們，但我知道他們有一天會明白這個日子的意義。遠在太平洋的另一端，七月的夏天也許會遙傳的颱風訊息，但我卻不擔心那種大自然的挑戰，已經成為台灣人生活的一部分。如果人為的災難都已經解除，歷史的枷鎖也一併卸下，就沒有什麼可以擔心的。習慣在黑夜裡瞭望北斗七星，藉由星的方位，我可以辨識台灣位在何處。

那年七月，是不一樣的季節。我所握的歷史之筆，再也不可能停止下來。

沒有國籍的人

1

似乎很少有人可以理解，一個從事歷史研究的書寫者的內心焦慮。那種焦慮，是因為隔著海洋看見海島正在翻轉，而自己被迫留在另一個海岸遠觀，似乎覺得自己是多餘的人或剩餘的人。那年七月，整個心都處在沸騰狀態，卻又無法有任何積極作為。從來沒有一個時刻，像那段時期那麼焦慮。返鄉的欲望，也在同一個時候到達最高點，我決定重新申請中華民國護照。身為沒有國籍的公民，那種滋味之苦澀絕對不是旁人所能想像。那時出入美國的國境，使用的是一種臨時身分證，因為那份證照是白色的，我總是稱它為白皮書。那份文件的國籍欄標明是「無」，但它卻容許我進出日本與香港，卻無法回到自己的台灣。從一九七九年美麗島事件發生後，我的國籍就已經被吊銷。如今八年過去了，台灣也已經解嚴，總覺得是應該終結無國籍身分的時候了。決心要重新申請中華民國護照時，內心一直有一種無法名狀的興奮，總是個人單方面設想返鄉的日子就在不久。一旦要去辦事處申請時，便開始準備照片與印章，並且也開始期待獲得新護照的喜悅。那時不斷暗暗告訴自己，如果可以回去，決心要把台北城市裡的每一條街巷，重新走過一次。畢竟我年少時期的夢想，都一直儲存在那城市裡。

中華民國駐舊金山辦事處，位在中國城的附近。從唐人街的半山坡道上，可以俯望舊金山海灣，也可以看見海灣大橋的雄偉身姿。我把車子停好在中國城的地下停車場，漫步走向那龐大的辦公大樓。在那街口可以看見，成人書店與色情電影廣告。不遠處還有脫衣舞表演的戲院，以及讓同志族群進出的浴室。穿越大樓陰影下的人行道，內心一直覺得不久就可以回到台灣了。那種望鄉之心切，只有身歷其境的人才會明白。那好像是一場未完成的夢，如果不能實現，生命就注定要殘缺不全。從前對於故鄉的想像，都保留了最美好的一面。尤其是親情與鄉情，總是不期然在血脈裡跳躍。總是會單方面如此設想，回到台灣的第一個晚上，一定要躺在年少時期的那一張舊床上；所有與故鄉相關的任何想像，我都原封不動保留著離鄉時的記憶。那張床陪伴著我青春時期的騷動與燥熱，尤其在升學考試之前的那幾個月，往往徹夜不眠。我只能這樣告訴自己，只要拿到護照之後，就要馬上訂機票飛回台灣。

駐舊金山的台北辦事處，位在高樓之上。從電梯走出來時，就是乾淨明亮的廳堂。在大廳的另一側，是一排透明的玻璃窗。裡面的辦事人員看到我，似乎有些訝異。那位女士很客氣問我，我能幫你什麼忙嗎？我的回答語氣近乎謙卑，非常禮貌地跟她說，我要申請中華民國護照。女士的神情似乎更加驚訝，我相信她與她的同事應該都知道我，畢竟我是屬於黑名單身分的人。那時我在台灣的地方性報紙發表不少批評政府的政論，在她們眼中應該是劃入叛國者的行列。縱然台灣已經解嚴，她們的內心並未解嚴。或者說，對於辦事人員來說，戒嚴或解嚴並沒有太大區別。只有像我這種流亡太久的人，竟然把解嚴看得如此神聖而崇高。她遞給我幾份表格，我便坐在旁邊的沙發椅上，填入我自己的姓名與籍貫。離鄉十餘年之後，首度與官方單位接觸，可謂百味雜陳。然而，這個時刻我已經等待太久，即使命運未卜，我一直強烈感覺到這是神聖的時刻。

最後在簽名欄蓋上紅色印章之後，便把表格遞進玻璃窗口。坐在那寬敞的大廳等待時，好像在等待最後審判的到來。又過了半個小時，窗口女士呼叫我的名字，我興沖沖走過去，那位女士說，你的護照辦好了。在那時刻，內心起了大震動。原來這麼迅速就可重新拿到全新的護照，隔著玻璃窗我客氣詢問這位女士，是不是憑這個護照我就可以回到台灣？她的表情漠然說，你的護照並不能回到台灣。聽到她的回答，我感到非常震撼。我說，護照不就是進出國境的身分證明嗎？她說，這是你的身分證明沒錯，卻無法回到台灣。她特別指出護照上的編碼，你的號碼是「X」開頭，一般護照是「M」開頭，你的身分與別人不一樣。流亡這麼多年之後，終於看見一本全新的護照，在燈光下閃閃發亮。如此新穎的證件，卻反而被官方正式認證是黑名單人物。

一種強烈的羞辱感從心底湧上來，我不能不提高聲音對她說話：「中華民國在國際上已經不被承認，現在這個國家所發給我的護照，中華民國竟然也不承認。請問台灣不是正式宣布解嚴了嗎？」那位女士默然不語，最後轉身走進裡面的辦公室。我一個人站在那空曠的大廳，有一種茫然四面襲地而來。現在我才終於明白，返鄉道路並不是我所想像得那麼容易，那麼順遂。從出生之後，一輩子都是過著戒嚴下的生活。遠在青年時期，從來不知道什麼是自由的滋味。每天到學校，站在操場唱國歌，向政治領袖致敬鞠躬，對於課本所傳授的知識也從不懷疑。那時從來不知道政治是什麼，也從來不會質疑知識的真偽。這樣一個奉公守法的良民，竟然到達海外之後，搖身變成思想犯。這種轉變不就是整個時代造成的嗎？我終於與黨國體制站在對立面時，黑名單身分的造成似乎也是順理成章。然而，在有生之年見證解嚴的到來，好像上天為我安排開啟一扇門；沿著這個門所展現出來的道路，應該可以循線回到自己的故鄉。

手持那本全新的深綠封面護照，覺得一切都歸於徒然。在那時刻，才知道門外的那條道路，並不是直線，而是彎曲坎坷的漫漫長路。台灣宣布解嚴，完全沒有卸除加諸於我身上的枷鎖。面對著大廳的落地窗，可以看見寧靜的舊金山灣。巨大的貨輪緩緩移動，朝向太平洋的灣口，正激盪著海浪微波。我不知道中華民國護照對我的意義是什麼，更不知道台灣宣布解嚴對我的意義又是什麼？那種惆悵與失落，恐怕比起當年察覺自己是黑名單人物時還要苦澀無比。這麼多年以來，寫下那麼龐大的批判文字，其實也是為自己設下障礙。解嚴，不就是解除敵意的象徵嗎？解嚴，不就是解放思想的時刻嗎？然而不然，於我而言，解嚴只是一個名詞，對於海外的異議人士，那是非常遙遠的字眼。完全不可能改造我既有的身分，更不可能改變我回鄉道路的艱難。

從舊金山驅車回到聖荷西的高速公路上，壓抑許久的淚水不斷流下來。好像有多少委屈，多少苦悶，在那時刻需要得到恰當的宣洩。從來沒有一個時刻，像那時的心情這麼沉重。對於回鄉後的種種幻想，果然證明只是一場幻想。我只是被徹底遺忘的一名浪子，只適合接受異鄉土地的風吹雨打，也只適合在城市與城市之間不斷遷移流動。一九八七年解嚴時，我正好進入四十歲。在高速公路上，我過早地嘗到中年落寞的滋味。淚水模糊了我前面的車窗，不得不選擇在一個公路出口尋找咖啡廳。我必須讓自己冷靜下來，需要尋找一個角落，好好思考這究竟是怎麼一回事；跨過中年之後，是不是注定永遠在海外流浪。如果宣布解嚴對台灣社會是一個歷史轉折，但是對於我這樣的思想犯，卻仍然還是維持不變。坐在路邊喝咖啡時，可以望見高速高路上熙攘往來的車輛，我相信每一位車子的主人都有一個歸宿可以回去，而我是不是永遠必須投宿在遙遠的海外？

2

我是屬於戰爭結束後的世代，西方人稱之為嬰兒潮的一代，日本人稱之為團塊世代。這是一個充滿朝氣也充滿希望的新生者，無論是戰勝國或戰敗國，終於能夠掙脫戰爭的濃霧，對於未來的生命總是抱持高度期待。只是對於在台灣出生的戰後世代，不僅迎接了二二八事件，也迎接了白色恐怖的統治。彷彿是生存在牢籠裡，可以看到外面天地是何等開闊，卻在島上不斷受到限制與監禁。在華大校園時期，曾經與美國學生、日本學生一起討論未來的生涯規劃時，他們每個人的抱負顯然與我都全然兩樣。在他們面前，我無法說出任何一句話；因為我甚至連返鄉的希望，都找不到答案。同樣屬於戰後世代，他們擁有明確的國家歸屬，而我卻不斷受到國家的欺負與排斥。常常有這樣的感覺，自己與整個時代交錯而過時，總是會擦出激烈的火花。那種火花，來自我思想模式與價值觀念的不合時宜。站在舊金山的人行道斜坡上，手持一本嶄新的護照，卻感覺特別沉重。那本護照似乎證明我是擁有國籍的人，卻也向我無情宣示我是不能返鄉的人。從來沒有一個時刻，是那樣徬徨，是那樣找不到真正的答案。

夏天的城市，突然讓我的身體感到顫慄。原來這條街的下坡處，正好朝向冰涼的舊金山灣。陣陣海風不斷襲來，吹入我的領口與袖口。驟然覺得自己的體溫持續下降，所有摩天大樓的頂端充滿了陽光。我站在樓影之下，彷彿是在另一個季節。一九八七年，距離我最初離鄉時，十三年已經過去。離鄉那麼久，已經沒有任何島上朋友記得我的存在。在那通信受到干擾的年代，我再也得不到成長時期友伴的消息。那時我才感到莫名恐慌，遺忘與死亡其實是同義詞。當所有的朋友都不曾記得你，等於是宣告你已經在自己的土地消失了。以飄泊或流亡自況，似乎無法精確描摹那時的心情。在故鄉，我已經是死去的人；不要說不能擁有任何發言權，甚至自己的身分也早就殘忍遭到取消。背對著停車場，我決定要走向海灣的碼頭，希望能夠清理一下太過複雜的情緒。

坐在碼頭的岸邊，四周都是海鷗與鴿子。幾個衣衫襤褸的白人，正在拋擲麵包與爆米花餵食那些禽鳥。有人甚至向空中拋擲食物，海鷗竟然俯衝過來，準確啣住了正要下墜的麵包。他們樂此不疲，彼此之間還說了一些猥褻的玩笑。我只是局外人，是沒有任何歸屬的人，是屬於完全沒有身分的外邦人。七月的舊金山灣海口，矗立著輝煌的金門大橋。一些巨輪緩緩駛出大海，看來是何等渺小。船隻航行的方向，想必都是航向遠東，也有可能是停泊在基隆或高雄。如果我也是貨櫃的一部分，應該也可以順利到達台灣的港口。那些妄想，不斷在腦海裡浮起，卻無法使自己的情緒得到紓解。非常後悔來申請中華民國護照，這好像是為自己揭開謎底，原來我是不受國家歡迎的人物。

近黃昏時，舊金山外海升起了一片輝煌的霞光。同樣的時刻，台灣可能正要迎接黎明。在海外漂流那麼久的時光之後，對於時間變得特別敏感。每次看自己的手錶時，立刻就能換算出故鄉的時間。如果是在冬天日光節約的季節，只要加四個小時，日夜顛倒一下，那就是屬於台灣的時間了。如果是在夏天，加三個小時，就可計算出台灣的時間。坐在碼頭岸上，凝視著起伏的波光，內心正想像著父母這個時刻是不是正要起床，後院是不是傳來了嘹亮的雞鳴，大武山峰頂是不是也向西部平原映照鮮明的稜線。那是我十八歲時殘留的記憶，每天清晨早起站在陽台上背誦著英文單字，向東邊瞭望時，就會看到大武山峰頂的微細一條線。曾經對大武山說，「有一天一定要征服你。」想到青春時期的誓言，不免覺得好笑。如今果然證明我成功征服它了，卻好像受到詛咒那樣，竟然完全回不了自己的故鄉。如果有人站在遠處看到我的身影，想必是非常頹廢而喪志。

台灣已經宣布解嚴，我的喜悅卻驟然消失。畢竟酷嗜監視百姓的當權者，恐怕一時還無法習慣釋放手握的權力。他們仍然情不自禁給手無寸鐵的人民，帶來一些干擾，或者為他們製造一些麻煩。面對著浩蕩的海水，我終於覺悟，返鄉畢竟是一件拚命的事。在心理上，必須做好長期羈留海外的準備。如果因此而屈服，或者放下手握的筆，似乎就等於承認當權者勝利了。身為異議份子，從來都不輕易苟同統治者的意志；縱然解嚴時代已經到來，更加不容許自己鬆懈曾經有過的武裝。海洋是那樣漫無邊際，故鄉是那樣遙不可及。我只能選擇更強悍地活下去，而且更要堅強地履行批判性的戰鬥。畢竟自己是已經被宣告死亡的人，在未來的恰當時機，我應該還有起死回生的時刻。這是一場敗部復活的長期戰鬥，如果因此而自我放棄，統治者就可宣稱勝利了。

那天晚上，獨坐在書房裡，望著窗外寧靜的街道，定居如此許久的城市，於我仍然是非常陌生。縱然自己的孩子在這裡成長，他們的思維方式與我漸行漸遠；對孩子來說，他們沒有絲毫的飄泊感，當然也沒有任何異化的問題。而我畢竟是有著全然不同的感覺，對於北美大陸，我心懷感激，因為它寬容收留了我，也為我提供了思想奔馳的原野；在內心深處卻非常明白，我終究不是屬於這裡。在這裡我仍然是局外人，就像台灣威權統治者的定義那樣，我是非法的知識份子。擺盪在兩個不同的國境，我的意志絲毫沒有動搖。而我也深深相信，只要回到自己的土地，只要給我一個支點，我就可以重新站起來。

只是在北美辦事處的那種羞辱感，到了夜晚時刻反而變得更為鮮明。那年正式進入四十歲，彷彿在那個時刻立刻就轉換成中年的心情。加諸在我身上的任何輕侮，我都會牢牢記得。流浪如此許久之後，國家機器對手無寸鐵的百姓，竟是這般視為仇敵。我從來不是記仇或記恨的人，更不是那種加倍奉還的小心眼者；但是非常明白，既然選擇站在政治權力的對立面，就不能不做好長期戰鬥的準備。曾經在流亡道路上的任何挫折，任何失落，有一天都要寫進我的文字裡。我最大的報復，不是訴諸任何輕蔑的語言，也不是流於輕佻的調侃，而是訴諸雄辯的論述，以及周延的思想結構。構想中的《謝雪紅評傳》，一章一章慢慢書寫出來之際，內心深處竟充滿了莫名的快意。

那天晚上，我也暗自下定決心，如果有一天能夠回到自己的故鄉，我決心要寫出一部台灣文學史。這樣的報復，才具有強悍的力道。在政治上所受到的傷害，不能以同樣的手段反擊。我內心所算計的，絕對不是停留在小心眼、小手段的回報，而必須展現更有格局、更有氣象的復仇手段。如果有一天被問起沒有國籍的滋味是什麼？我只能說，在那不正常的時代，身為手無寸鐵的知識份子，只能被迫接受那種公然的羞辱；但也正因為受到這樣的衝擊，反而更刺激了我生命力的爆發。他們可以剝奪我的國籍，可以給我一本無法返鄉的護照，卻無法剝奪我個人的獨立思考，更不能剝奪我選擇作為台灣人的權利。當他們傷害我時，其實未來的書寫已經在我內心深處開始釀造，那種書寫能力絕對不是他們能夠剝奪的。一個沒有國籍的人，在那孤獨的夜晚，已經決定了日後的書寫工程計畫。我的雄辯，我的論述，都要源源不斷流回海島上的鄉土。

為歷史造像

1

在海外流浪那麼久之後，常常會興起千里跋涉的感觸。心情上的跋涉，恐怕比投入長途旅行的身體還要疲累。當年到達西雅圖時，總覺得取得博士學位之後，就可以立刻返鄉任教。客觀環境的變化，比我的想像還要迅速而複雜。那時常常這樣聯想，如果我沒有離開台灣，大概也是黨外運動的一份子。美麗島事件爆發後，我大概也會淪為階下囚。然而，命運不但無法預測，而且也難以解釋。終於在海外漂泊十餘年之後，才知道返鄉的道路是何其困難。夜深人靜時，我常常會取出那本不能入境台灣的中華民國護照。那是相當嘲弄人的一個歷史縮影，即使你取得中華民國國籍，卻也不屬於中華民國國民。我第一次體會到，擁有國籍並不能與國民畫上等號。只有在那荒謬的年代，才會存在這種荒謬的事實。如果在最短期間內無法回到台灣，那麼就必須積極準備有一天可以回去時，究竟要帶什麼東西回去。

在那煎熬的時刻，有一股意念慢慢凝聚起來，就是開始提筆撰寫《謝雪紅評傳》。我之所以注意到這位女性人物，主要還是因為接觸了二二八事件的史料。坐在海外的圖書館讀書之際，有時不免會提醒自己，能夠脫離國民黨鷹犬的監視，一定是在暗示我必須做些什麼。在海外留學，如果只是閱讀台灣可以接觸到的書籍，那麼跋涉了迢迢千里就失去意義了。大量涉獵黨國體制所不容許的書籍，恰恰就是我閱讀的起點。在西雅圖時期，我就擁有《魯迅全集》、《毛澤東選集》、《馬克思恩格斯選集》、《列寧選集》。如果在台灣閱讀這些書籍，很有可能被逮捕，而且被判叛亂罪。如果生命中有所謂的左傾思考，那應該是從一九七四年之後慢慢開始。那些左派書籍的基礎閱讀，確實在我的思考上產生極大衝擊。如果沒有當初的初階閱讀，恐怕以後就無法處理台共的歷史問題。

當年開始下決心撰寫《謝雪紅評傳》，自然有我的微言大義。國民黨帶來台灣社會的主流思考是：中國、男性、右派。開始寫謝雪紅的生命過程時，我暗藏的思考是：台灣、女性、左派。在那段時期，我正慢慢展開所謂邊緣性的思考。凡是被主流價值所排斥的，也正是我的書寫所要追求。以邊緣對抗中央，以弱勢對抗強權，對於一個長期受到放逐的人來說，可以說恰如其分。一旦下定這樣的決心，一條崎嶇艱難的道路，就在我面前展開了。我不知道需要多少時間可以建構這位歷史女性的生命史，也不知道有多少史料可以協助我支撐我。這位左派女性橫跨了台灣、日本、中國、俄國，好像還沒有任何一位歷史人物，可以把台灣歷史帶到那麼遙遠的地方。那年秋天，我終於開始動筆撰寫全書的緒論時，那時才清楚意識到自己捅到了一個蜂窩。

謝雪紅是台灣史上第一位左派女性，她所牽動的政治力量包括：中國國民黨、中國共產黨、日本共產黨，以及俄國的第三國際。一位從未受過正式教育的台灣女性，可以在那混亂的時代勇敢站起來，並且介入了牽涉那麼多國家的政治運動，確實有她的人格特質。第一次發現她的名字，是在二二八事件的新聞報導裡。仍然記得，坐在華盛頓大學的東亞圖書館裡，那是初春時分窗外櫻花盛放。我卻坐在圖書館的窗口內，一頁一頁翻閱著戰後初期的《台灣新生報》。其中有一個小小的報導，提到謝雪紅在台中領導二七部隊。就在那個時刻，整個思考被這陌生的名字所深深吸引。在尋找報紙之前，我已經讀完 George Kerr 的《*Formosa Betrayed*》。這本書後來譯成中文時，就命名為《被出賣的台灣》。從來沒有一位政治人物的名字，使我產生深層的思考。作為一位宋代歷史的研究者，並沒有機會接觸戰後台灣的歷史。在當時的讀書市場，根本也不存在任何一冊與台灣歷史相關的書籍。在我生命的過程中，在西雅圖接觸台灣歷史，可以說是思想上的再啟蒙。

在洛杉磯編輯《美麗島週報》時，便開始撰寫與台灣左翼歷史相關的文章。那時手邊保有一冊台灣總督府所編輯的《台灣總督府警察沿革誌：領台以後の治安狀況》。這是在一九三九年印刷發行，戰後又在日本復刻。獲得這本重要史料，是在西雅圖時期。那時遇到一位華盛頓大學機械系的博士生鄭紹良，他大我十二歲。那麼遲晚還沒有拿到學位，因為他保留學籍跑去參加台灣獨立運動，而且還擔任台獨聯盟主席。他一直以兄長的身分待我，並且介紹日本詩人北原白秋的詩集給我。有一天，他持贈這部重要的殖民地史料，日後就變成我進入戰前台灣史的一個重要台階。這本書籍一直跟隨我在海外四處漂泊，即使在今天它仍然相當莊嚴地坐在我的書架上。藉由這冊史料的閱讀，我慢慢進入殖民地歷史的核心。縱然是以日文書寫，但因為語法簡單，在閱讀之際甚覺流暢。沒有這本史料，我或許對殖民地時期的台灣政治運動，無法如此熟悉。

資本主義是日本帝國的重要基石，這也說明了台灣總督府是如何敵視左派運動。左翼知識份子對於資本主義的批判，從來都是不遺餘力。從一九二〇年代以降，無論是台灣共產黨黨員，或是中間偏左的台灣文化協會成員，都曾經有過坐牢的經驗。而這些事件紀錄與被捕名單，都完整保留在這本厚重的史料。在聖荷西的書窗下，有多少不眠的夜晚，在書頁之間梭巡徘徊。埋首於泛黃的書頁，往往可以感受到一股召喚的力量，相當生動地在我內心翻滾。我不免常常想像，左翼知識份子在城市的什麼地方、什麼角落，正在祕密吸收左派的知識。他們自稱進步份子，開口閉口就是階級、資本家或批判的字眼。那些青年身影，我彷彿在王詩琅、呂赫若的小說裡窺見。也許是保持著距離的美感，總覺得有一股看不見的浪漫情懷，飄盪於這些左翼知識份子之間。

也正是在那神祕的時刻，我遇見了謝雪紅的名字。在不到三十歲之前，曾經懷抱過一個企圖，希望日後能夠寫出一部台灣二二八事件史，尤其是台中的抗暴運動。在早年新聞報導裡，謝雪紅是一個相當熟悉的名字。後來在國民黨的小冊子裡，有一段文字提及她的名字時，曾經說她是日治時期的共產黨員。憑藉這個線索，我才仔細在《警察沿革誌》尋找她的名字。果然在書中的第三章〈共產主義運動〉，就看見她的歷史身影。後來我常常回想那流浪的日子，如果沒有投入謝雪紅傳記的重建，並不知道如何排遣那孤寂、苦悶、單調的海外歲月。為了重建她的生命史，幾乎每天深夜都沉浸在史料閱讀裡。彷彿是穿越一條漫長的時光隧道，蜿蜒而曲折，並不必然可以看見出口。總是在史料與史料之間排比對照，有時可以連結起來，有時則成斷裂狀。從最初開始建構童年時期的謝雪紅，不知道閱讀了多少有關彰化與台中的史料。只要與她的生命稍有牽連，就必須要做筆記下來。開筆寫第一章時，從未預知未來四年都要與謝雪紅一起生活。從前所接受的歷史學訓練，終於都運用在她生命的重建過程裡。

2

如果生命是一道航線，我到達謝雪紅時，可以強烈感受到自己的思維方式正在轉向。在一九八〇年代的加州，想像著遙遠的一九二〇年代台灣，總是有一種千里跋涉的感覺。但是我確切知道，沿著謝雪紅的生命軌跡去追求，應該可以協助我找到返鄉的道路。那種精神上的回歸，與當年投入宋代歷史的研究，全然是不同的心情。當年漫遊在十一世紀的中國，縱然獲得一些知識上的樂趣，卻總是在內心裡存著一種拔河的感覺。時間上的宋代，空間上的中國，似乎很難與自己內在的靈魂擦出火花。在線裝書的木刻文字裡遊走，往往可以得到意外的喜悅，但那種質感卻顯得抽象而飄忽。從北宋旅行到南宋，彷彿只是在平面的地圖上神遊，並沒有在心靈版圖上鏤刻深刻的感覺。

那時正進入中年的最初，許多年少時期的浪漫情懷，慢慢淡化，終而消失。知識的追求如果無法在情感上造成衝擊，那永遠是身外之物。到達一定的年紀時，閱讀不再只是閱讀，而應該可以在血脈裡造成一定程度的波動。如果情緒沒有發生任何變化，或是心情停留在靜止狀態，那樣的閱讀只是浮光掠影。跨過中年後，總會要求一本書或一位作者，可以與我的魂魄進行神祕對話。也許可以向書中文字進行叩問，或者是書的作者可以前來詰問我，當對話終於形成時，閱讀才有可能活潑起來。尋找謝雪紅的史料，確實帶給我一種相當靈動的體悟。歷史不再是遙遠的存在，人物也不再是陌生異常。知道這位二十世紀初期的女性，出生於彰化和美，竟然在矽谷的深夜如見故人。

不知道是怎樣的原因，在我閱讀的經驗裡，台灣就是女性。也許台灣從來沒有自己的聲音，也從來找不到如何自我定位。在歷史上，台灣總是由帝國來命名，來給它填補奇怪的意義。謝雪紅誕生時，她的處境就與台灣一樣。在幼年時代，由於家裡過分貧窮，無法為父親辦喪事，只好透過買賣變成童養媳。她的命運就是台灣，她的身分也是台灣，她未來的坎坷道路更是屬於台灣。她最初的名字是謝阿女，到達上海時改名謝飛英。最後受到第三國際的邀請，終於在莫斯科接受共產黨訓練，她又改名謝雪紅。整個生命改造的地點，是雪地千里的紅色首都。這樣的命名，似乎詮釋了女性命運的不同階段。她可能是第一位歷史人物，把台灣帶到那麼遙遠的地方。在台灣，她只看見自己的身分。在上海，她看到亞洲女性的地位。在莫斯科，她終於體會到全球女性的命運。當她整個世界觀不斷提升之際，終於深刻覺悟只有透過革命手段，才有可能改造女性的地位。一位女性革命者的誕生，是那樣曲折，又是那樣艱難。即使在靜態史料的文字裡穿梭，我似乎可以與謝雪紅的心情發生共鳴。

在日本左翼運動史料裡，她的形象相當生動地浮現在日共成員的對話之中。尤其，日本共產黨員在背後稱呼她為「モダンボーイ」（摩登男兒）。這樣的綽號，相當精確定義了謝雪紅的性格。在安靜的深夜裡，總覺得自己不斷與謝雪紅進行對話。她帶著我的魂魄到達日本，也到達上海，更到達莫斯科。甚至覺得她的幽靈附身於我，隔著不同的時代，我彷彿在分擔她的痛苦，她的挫折，她的飛揚。現在還非常生動地記得，當我完成第二章〈孤傲花的誕生〉，一股無比的信心在我靈魂深處漫開來。我知道這位歷史人物的形象，一定可以重建起來。所有的歷史人物的重建開筆最難，而進入她的時代與生命歷程更難。這可能是從歷史研究所畢業之後，所遭到最大的挑戰。那簡直是不可能的任務，尤其又牽涉到不同國界的橫跨。

縱身於如此艱難的挑戰，也改造了我的生活規律。每天下午，都集中於撰寫政論，或散文與書評。到了夜晚，便是我進入歷史情境的時刻。這種規律就成為我後半生的生活模式，也是我閱讀與書寫的具體實踐。閱讀與書寫的時刻，往往使我六親不認。現在回想時，還是對我兩個孩子充滿了歉意。縱然在週末，會帶他們出遊，但是在平常週間，兩個孩子都知道不能干擾我。那時常常有一股聲音告訴自己，有一天能夠回鄉時，也一定要把謝雪紅帶回台灣。她是傳說中的女性人物，許多人都在議論她，卻無法確切掌握她真實的形象。

還未進入台灣歷史探索之前，很早就已經聽說過有關謝雪紅的傳說。尤其與二二八事件有關的記憶，謝雪紅總是占有鮮明的位置。曾經聽過一位住在台中的長輩說，當時整個城市非常混亂，由於謝雪紅的出現，才使社會秩序安定下來。他親眼看見謝雪紅坐在軍車上遊行，左右兩邊都佩戴著手槍，是非常英勇的身姿。那是我第一次聽到雙槍女俠的綽號，而且活靈活現。也有一位長輩描述謝雪紅的情感生活，形容她是充滿情慾的女性，同時擁有幾位情人。那時為了蒐集資料，曾經特地飛往芝加哥大學，希望可以獲得相關的事件史料。有一個晚上同鄉相聚，也聽到一位老者說，他曾經見過謝雪紅的情人林西陸。無論這些小道故事是否真實，都讓我深深感受到謝雪紅是一位話題人物。縱然在後來的歷史建構中，我慢慢知道許多說法都是以訛傳訛。從另一個角度來看，謝雪紅並未去世，而是相當生動地活在民間社會裡。

決心要為謝雪紅立傳，我相當明白自己最初的動機。我不僅要為歷史造像，也是要為台灣現代史留下證詞。畢竟她是少有的女性反抗者，她不僅是要改造自己的命運，也要改寫台灣女性的命運，更要改寫整個台灣歷史的命運。尤其知道她是台灣共產黨的領袖時，我更加積極閱讀左翼運動的相關書籍，也開始接觸女性主義的理論，並且更進一步去涉獵後殖民理論。離開校園那麼久之後，第一次相當自覺地要建構一套有系統的知識論。經由這樣的建構，或許可以更貼近謝雪紅的生命過程。那是我在海外罕見的瘋狂閱讀時期，也是罕見的瘋狂書寫時期。彷彿是經歷了一場思想風暴，在投入歷史書寫的過程中，我才察覺自己已經與早年的知識追求發生了斷裂。或許使用撕裂一詞來形容，可能較為精確一點，因為那種跨越截然兩樣。從中國歷史轉向台灣歷史，從十二世紀轉向二十世紀，從右派訓練轉向左派思考，從男性沙文主義轉向女性主義的思維。對自己的性格來說，那簡直是天旋地轉的大挪移。

與其說是在重建謝雪紅的生命史，倒不如說是在重建我個人的思維方式。謝雪紅引導著我走到一個非常遙遠的邊疆地帶，在那我從未旅行過的地方，觸探了許多新鮮的知識，也吸收了不計其數的思想方法。在解讀史料之際，內心常常湧起一種冒險的感覺。總是感覺自己走在危崖上，稍有不慎，就墜入深不可測的谷底。也許那不只是思考上的轉向，恐怕也是一種人格的大改造。從前所學習的歷史考據方式，似乎已經無法解釋謝雪紅的生命旅路。我可以強烈感覺自己已經被置放在一個充滿挑戰的處境，不僅為威權體制所不容，也與我朋輩的研究路徑產生重大歧異。那時一場火浴的試煉，整個靈魂都投入了徹底鍛鑄的過程中。有一天這本書完成時，從前走過所有的生命道路，終於都變成了前生。

史丹佛大學的教堂

1

從聖荷西到史丹佛大學的路程，大約需要五十分鐘左右的時間。101高速公路從來都是相當忙碌，上下班時間車速特別緩慢。這是到達舊金山的主要幹道，擁擠的車輛彷彿像朝聖的隊伍那樣，安靜而肅穆。我總是選擇早上十一點出門，下午四點之前回到家裡。能夠利用史丹佛大學胡佛研究中心的圖書，是我加州歲月最感慶幸的事。如果在胡佛研究中心找不到書籍的話，就必須要長途開車到柏克萊，尋找現代中國研究中心的藏書。這兩座大學校園，是我漂泊時期的兩個聖地。有許多藏書，在台灣是不可能找到。畢竟在那段戒嚴時期，凡是中國、香港所出版的書籍，幾乎都被視為匪書。每次在高速公路奔馳時，都無法預知能否找到需要參考的史料。那段時期完全沒有網路，往往必須在圖書館的卡片，慢慢搜尋。站在圖書館的卡片架前，彷彿是面對一排圍牆，必須要在抽屜裡的卡片找到書名，才能確知館內藏有書籍。

如果是要尋找中文書，就必須按照筆畫查閱。如果是日文書，則要依照五十音的先後次序去尋找。如果是英文書，就按照二十六個字母的排列。好幾排長長的卡片架，羅列在圖書館的大廳。在尋找過程中，我總是每個抽屜打開，內心期待著確切的書名在眼前出現。每次找到戰爭時期的印刷品，或戰後初期的作者名字，總會產生驚喜，並且也暗自告訴自己歷史的答案就要揭開。那時張富美是胡佛研究中心的研究員，她協助我辦理一張借書證，也常常容許我在她的辦公室交談。三十年前的時光，現在回想時已經非常陳舊。但是在圖書館裡的喜悅，以及張富美所帶給我的溫暖，還是那麼鮮明，那麼感人。

當時圖書館的藏書編號，都是依照美國國會圖書館所建立起來的序號。全國各地的圖書館，包括地方公共圖書館的藏書，都使用同樣的編號。那是相當科學的設計，尤其在網路時代到來之前。這些圖書的號碼，對我相當珍貴。如果在加州所找不到的書籍，可以到別州的圖書館去尋找同樣的編號。後來我才明白，在撰寫專書的過程中，似乎還未遇到找不到書籍的狀況。以寫信或以電話給別州的朋友，麻煩他們就近為我尋找書籍。從一九八七年到一九九一年之間，我從哈佛大學、哥倫比亞大學、密西根大學、芝加哥大學、華盛頓大學、加州大學洛杉磯分校的圖書館，都分別找到了我需要的參考書籍。

那是相當艱苦的歲月，也是相當難以忘懷的記憶。往往在零碎、分散的、毫無系統的資料中，慢慢組裝、建構、書寫一位台灣革命女性的生命史。在那看不見盡頭的時間流動中，無法確知自己所期待的傳記是否能夠完成。那是一種意志上的對決，如果無法承受時間的凌遲，內心所預期的那部傳記恐怕永無完成的時刻。書寫是一種紀律，閱讀更是一種紀律。在毫不相干的書與書之間相互聯繫，更需要一種思考上的紀律。有時並不知道下一章是否能夠順利完成，如果找不到預期中的書籍，或遍尋不著恰當的史料，那部傳記恐怕至今還在未定之天。在我生命裡，《謝雪紅評傳》確實是一個重要的暗示。謝雪紅這位歷史上的女性，協助我梳理了殖民地時期左翼運動的發展過程，也協助我去認識什麼是女性主義，什麼是後殖民理論。幸好有胡佛研究中心的藏書支撐著我，才能夠在靜態的史料裡重新建構一位生動的人物。

這是一種神祕的歷史交會，一九四七年五月她逃離台灣，是從左營軍港乘坐國民黨的軍艦遠赴上海。而那年六月，我則是在左營出生。這兩個事件毫不相干，卻必須在遙遠的加州，我才與她的魂魄相遇。最初，在內心釀造寫傳的慾望時，並不知道這位女性對我產生怎樣的意義。我最初是企圖建構二二八事件的歷史，卻在陳舊的報紙裡發現她的名字。尤其當時國民黨通緝她時，特別點出她是日據時代共產黨的領袖。只是短短幾行紀錄，卻造成我巨大的好奇心。那種探索的過程，好像要揭開謎底那樣，有一種莫名的吸引力。直到我翻開日本的警察檔案時，才知道這位女性的人格與生命歷程，可謂非同小可。沿著她生命的軌跡，我一步一步走進深邃的歷史黑洞。在那裡，彷彿在跟她的靈魂進行對話。跨越著寬闊的時間幽谷，也跨越著意識形態上的隔閡，我慢慢貼近她的身邊。在深夜裡，我常常告訴自己，她是屬於我祖母那個世代的女性。在那保守而拘謹的年代，我祖母的朋輩是那麼傳統又那麼小心翼翼，簡直與謝雪紅的世界全然兩樣。

我記得在一個夏日的午後，借回楊子烈著《張國燾夫人回憶錄》時，忽然一個全新的歷史視野在我內心敞開。她是留學莫斯科的中共黨員，卻在那裡與謝雪紅相遇。那時我更加明白，這位台灣女性從亞熱帶旅行到酷冷的寒帶，其實是為了讓台灣歷史向著不同的國境發出聲音。一位戰後出生的台灣知識份子，在整個成長時期承受了嘉南平原的溫暖陽光，從未意識到在過去的歷史中，到底發生怎樣的悲慘事件。最早的知識啟蒙，首先認識的是中國。隨著年歲的增加，有關中國的記憶越來越深。那時並不知道，整個心靈被帶到一個陌生而遙遠的土地，究竟能夠使靈魂產生怎樣的共鳴。這種道路在整個成長歲月就已經鑄成，那是一條不歸路。直到進入研究所縱身投入宋代歷史時，竟是那樣一無反顧。

在加州的星光下，與謝雪紅相遇時，才察覺自己的心靈早就受到綁架。與一塊從未見過的古老亞細亞大陸，緊緊綑綁在一起。那時才知道這位革命女性，帶我回到台灣的土地時，我生命的再啟蒙才第一次展開。為了重建謝雪紅的生命旅程，我還特地到圖書館去尋找台中市的地圖，並且依照史料中所提到的地名與街名，我又重新走過一次。台中於我是一個陌生的城市，只有在十八歲那年考上大學時，就立刻被徵召到成功嶺受訓。在那裡接受嚴格的軍事訓練之際，精神特別感到苦悶。只有在週日，才得以坐當時的公路局汽車造訪台中市。站在台中火車站前面，看到那棋盤式的街道，也看到了美麗的柳川。夏日楊柳倒映在清澈的水流裡，才慢慢體會這個城市的古典氣味，那是我於台中市的第一次接觸。

一九七〇年服預官役時，又再次到達清泉崗。在裝甲兵部隊的服役時期，只要在放假日子，也會去探訪台中市。記得在台中公園旁邊的繼光街，有過數次的徘徊。部隊裡的朋友，也介紹我到那裡的市場，去嘗試蜜豆冰。那樣的記憶，是我研究所之前，政治意識啟蒙之前，嘗到戀愛滋味之前的安逸歲月。那時並未預知，有一天因為遇到謝雪紅，我又在台中市地圖上夢遊。遠在加州的書窗，北斗七星臨照我的心靈時，許多遺忘已久的台中歲月，又鮮明回到我的記憶裡。對那個城市特別眷戀，只因為那是謝雪紅進行革命的重要據點。仍然記得中正路與平等路的交叉口，座落著中央書局的建築。那時常常進去那裡買書，葉榮鐘的散文《半路出家集》與《大車小屋集》，就是在這家書店獲得。在尋訪謝雪紅的蹤跡時，我才知道中央書局是台灣文化協會的一個重要機構。就像台中一中那樣，也是有台中的仕紳募款捐錢建立起來的。我終於明白，我們被帶到那麼遙遠的中國，去認識歷史與地理。最大的效用，便是讓我這世代，對台灣史產生集體遺忘。

2

每週到達史丹佛大學校園，彷彿是一個朝聖的儀式。每次把車子停好，漫步走到胡佛研究中心時，心情常常處於飢渴狀態。在我的前輩裡，並沒有人那麼集中地專注於台灣共產黨研究。除了史明的《台灣人四百年史》提供一些線索給我之外，我找不到任何一個可以對話的人。那時我常常這樣形容自己，好像捅到一個蜂窩，簡直無法收拾。因為這是一項破土的研究，每一個歷史上的問題都必須自己去尋求考證，或者迂迴尋找證據，才可以給歷史事實合理的解釋。耗費在考證的工作上，大約用去了我三分之一以上的寫作時間。每次解決了一個問題，心理就好像鬆懈下來。但是遇到另外一個無法解決的問題時，心情又再度緊繃起來。

沿著謝雪紅走過的軌跡，我好像在拼圖那樣，一片一片組裝在一起，才慢慢看到模糊的形象。

這個大學校園的幅員非常廣大，從校門口走到最裡面的學生活動中心，大約四五公里左右。每當進入校園時，看到胡佛研究中心的高塔時，那就是我即將探索的一個目的地。稱為Hoover Tower，其實是要紀念美國總統胡佛。他是冷戰時期掌握最高權力的人，所以研究中心所藏的書籍，便是用來為美國白宮提供意見的智庫。謝雪紅所旅行過的國境，便在台灣、日本、中國、俄國之間。一位未曾受過正規教育的台灣女性，竟然可以把台灣歷史走過那麼遙遠而曲折的地方。在男性沙文主義的政治運動中，她總是遭到歧視或貶抑。在那麼困難的環境，她終於可以建立屬於自己的世界觀。從而領導了殖民地台灣的左翼運動，顯然有其特殊的人格特質。在很多傳聞與紀錄裡，謝雪紅常常被形容為脾氣很壞的女人。在閱讀之際，我自然可以理解。畢竟挑戰她生命的，不僅僅是帝國主義，又加上殖民統治，更加上男性沙文主義。這說明了一位台灣女性所面臨的重重難關，在不同的生命階段，她都需要勇敢去克服。

在圖書館的地下室，埋首閱讀史料時，有時不禁產生時空倒錯的感覺，誤以為自己就是屬於殖民地時代的讀書人。那種受壓迫的情境，總是非常貼近我內在的精神。所有的文字記載夾帶著太多性別偏見與民族偏見，如何撥開歷史迷霧去觀察她的真面目，便是我每天閱讀時的最大挑戰。仍然記得自己完成第一章的緒論時，心情特別雀躍，總覺得清晰的歷史軌跡就在眼前展開。但是第一章只是到達她生命的入口而已，尤其開始重建她的家族故事時，我才知道那是最大難題。這也說明為什麼，我必須旅行到每個城市，進行口述歷史的建構。那幾年常常在美國的城市漫遊，為的是要尋訪有關謝雪紅的事蹟。

撰寫傳記的第二年，一九八八年，我有機會到達田納西。因為聽說有一位台灣同鄉是台中人，與張深切家族非常熟悉。張深切在他的自傳《里程碑》，曾經記錄了上海時期的謝雪紅。這位右派作家似乎非常歧視左翼的謝雪紅，但至少他是與謝雪紅有所過從的歷史人物。我飛到田納西，便是要尋找張深切與謝雪紅之間的蛛絲馬跡。到達那裡時，才知道是一個悶熱而濕氣很重的城市。走出機場時，我忽然有一種錯覺，似乎回到台灣了。黏膩的空氣貼在我的肌膚，汗珠不斷冒出，多麼像極嘉南平原的夏天。聞到那樣的空氣，使我欲淚。就在那時刻，鄉愁突然變得非常濃烈。來接我的同鄉，是中央書局其中一位創辦人的後代。他對台中的歷史掌故頗為熟悉，那天晚上一直交談到天明。因為我需要知道的實在太多太多，不僅認識了張深切的真實生命，也同樣認識了同時代的謝雪紅。

離開田納西後，我又飛到芝加哥，也是一位同鄉來接機。他載著我到達廖述宗教授的家裡，廖教授是廖繼春的兒子，在醫學研究上非常先進。那時曾經有人盛傳，他很有可能獲得諾貝爾醫學獎。這樣的傳言最後證明也只是傳言，但是廖教授的謙和有禮，讓我留下鮮明的印象。那天晚上，廖教授邀請了一些同鄉來家裡聚餐，其中不乏來自台中的同鄉。他們知道我正在撰寫謝雪紅時頗覺訝異，無法理解為什麼要為這位女性政治人物作傳。我解釋之後，他們才明白謝雪紅在台灣史的意義。一位台中的同鄉說，他聽過長輩形容謝雪紅在二二八事件的事蹟。有一個甚至說，謝雪紅站在軍事卡車上穿的是軍裝，而且腰部左右配戴著兩把手槍，可以說是雙槍女俠。言談之間，她的形象忽然清晰起來。歷史埋沒了她，卻生動地活在民間的傳說裡。那天晚上的訪談使我更加確知，這部傳記值得我全力以赴去追求。

回到加州之後，我更加勤勞投注於這部傳記的撰寫。到史丹佛大學的訪問，最初是一週一次。後來書寫速度加快，我慢慢變成一週兩次。有時找不到歷史答案，心情就特別鬱悶。有不少時刻，我獨自一人走到史丹佛大學的教堂，那種古典顏色偏黃，在陽光下顯得特別莊嚴明亮。縱然不是基督教徒，我還是懷著虔誠的心，謙卑坐在教堂裡的座椅。每次到那裡訪問時，因為不是週末，訪客特別稀少。有時只有我一個人坐在廣大的空間裡，無邊寧靜四面席地而來。在那神祕時刻，整個靈魂好像受到洗滌。我不會默念聖經，但是注視著四周的馬賽克玻璃窗，卻有一種神聖化的感覺。我看著陽光照射進來所顯現的藍色紅色玻璃，就覺得自己的靈魂在另外一個空間飛翔。塊狀玻璃所構成的聖經人物圖像，生動地傳達神祕的訊息。

教堂內部的空氣特別寧靜，我彷彿可以聽到自己的心跳。皮膚底下的血液，規律流動著，好像在傳達訊號到我的思考。我從來不知道什麼叫做救贖，更不知道什麼是超越，卻在教堂靜坐時，我好像得到一定程度的參透。史丹佛教堂是我在海外漫長歲月的一個精神停泊處，尤其在撰寫謝雪紅的傳記時，如果思考停頓或者文字艱澀，我會在內心跟自己說話，或許那就是與上帝在神祕溝通的時刻吧。長期單獨進行書寫時，未曾有人可以與我進行對話。我找不到可以尋求解答的朋友，畢竟我所承擔的這項書寫工程，並沒有多少人可以理解。現在回頭瞭望那段時期的自己，逐漸明白史丹佛教堂的意義是什麼。我不能說在那裡獲得啟示，也不敢說曾經與上帝對話。畢竟那是一段孤獨的歲月，所有的情緒都必須依靠自己一個人去消化去解決去掙脫。如今回望加州歲月，我更加明白那段時期的孤獨有多孤獨，那段時期的寂寞有多寂寞，那不是語言所能夠具體形容。內心的細微波動，不會有人察覺，更不會有任何人看見。只有史丹佛教堂才知道我內心的暗潮洶湧，也明白我是如何依賴一個人的力量走出書寫的困境。在記憶裡回望那座教堂，如今看來是那麼輝煌，又那麼明亮。

哭泣的雨夜花

1

一九八七年好像發生很多事情。那年是二二八事件四十週年，正好也標記著我四十歲。跨入中年之初，許多事件接踵而來。北京為了建立二二八事件的解釋權，在那年派遣了十餘位定居在中國的台灣人，有意要為這個歷史事件做精確的定位。畢竟他們似乎察覺到海外台灣人，正要重新認識事件的真相。他們先到達紐約，經過芝加哥到達洛杉磯。在每個城市舉行座談會，他們以現身說法交代事件發生的過程。有兩位台灣人給我相當強烈的印象，一個是吳克泰，一個是周明。經過那次的見面，我才發現兩個人的立場並不盡然相同。吳克泰曾經是批判謝雪紅的重要敵手，而周明則曾經在二二八事件時擔任謝雪紅的祕書。他們兩個人選擇不同的時間到達聖荷西，見面談話之際，我立刻可以分辨兩人的立場有所出入。那是非常奇妙的經驗，於我而言，他們屬於上一代的台灣人。只是因為國共內戰的緣故，終於與台灣永久分隔了。

如見故人那般，我幾乎是傾心開懷與他們談話。與吳克泰談話時，他對謝雪紅自始自終都表現貶抑的態度。為了取得我的信任，他不斷講同樣的故事。戰後初期，李登輝祕密參加共產黨，吳克泰擔任了入黨保證人，他的說詞令我半信半疑。對於李登輝過去的歷史偶有所聞，知道他參加過左派讀書會。一九八七年台灣解嚴，李登輝還不是蔣經國的接班人，但是已經擔任過台灣省主席。對於政治人物，我總是抱持疏離的態度。當吳克泰不斷強調，他是李登輝的保證人時，我反而有一定程度的戒心。稍後，我才向他請教有關謝雪紅在北京的遭遇。稍早，他似乎有些遲疑。但是當我提到一九五八年反右運動時，謝雪紅受到群眾的包圍批判，他似乎立刻就熱心起來。尤其他提到反右鬥爭事件時，突然說溜了一句話，「謝雪紅是壞份子」。我問為什麼是壞份子，他說她喜歡在背後打小報告，並且也有她自己的小圈圈。

與他單獨對談的那個下午，總覺得心情非常鬱悶。四月的聖荷西，每天都是豔陽的日子。窗外花草盛開，遠山看得非常清楚，沒有任何一絲雲遮蔽著。但是聽他說話時，我內心卻覆蓋著烏雲與疑雲。我覺得自己應該保持沉默，尤其面對一位從北京來的台灣人。我其實應該虛心請教，他說謝雪紅鬥爭了許多台灣人，包括蘇新、詹以昌、王萬得。聽他細說整個內鬥的過程時，內心覺得有一種悲哀，卻無以形容。這正是共產黨最厲害也最殘酷的地方，他讓黨員之間分成不同派系，縱容他們互相打報告，必要時則進行鬥爭，或者下放到蒙古邊疆。這種打小報告的文化，在後來接觸更多的北京台灣人，幾乎每個人都有自己的故事。怎麼會有一種政權鼓勵打小報告，而且採信小報告，從而開始進行各種分化。

那是我第一次遇見來自中國的台灣人，在感情上似乎覺得很親，但是在思考上卻又覺得非常陌生。在談話中間，可以發現吳克泰所使用的語言名詞，對我已經相當無法理解，例如「出生成分不好」，或者是「黑五類」，或者是「地主的兒子」，都讓我在說話之際覺得格格不入。從他臉上的滄桑，我似乎可以窺見他曾經有過的政治鬥爭。他們終於能夠離開中國，並非是他獲得自由了。恰恰相反，他是負有任務來到美國遊說海外的台灣人。總覺得兩人坐在客廳談話時，好像是兩個星球互相對望，中間的距離說有多遙遠就有多遙遠。那時我正在整理台灣共產黨的歷史，並且也獲知他們逃亡到中國之後的遭遇。我深深相信，坐在我面前的這位台灣長輩，一定有說不完的滄桑史。但是他絕口不提自己起伏跌宕的經驗，卻不斷對我進行道德勸說，希望我接受他的一個說法，中國共產黨確實領導了二二八事件的起義。

又過兩天，謝雪紅的祕書周明也到達聖荷西。他是台中東勢人，客家籍。當他在紐約聽說加州有人正在撰寫謝雪紅的傳記，就覺得必須飛來西岸與我見面。我在舊金山機場等待他時，其實不知道他的長相如何，我只在紙板上用簽字筆寫上「周明先生」。站在出口處我高舉著牌子，從長廊那邊我看到一位老者，以蹣跚的腳步向我走來。顯然他已經知道我是誰，在距離十公尺左右的時候，他突然朝著我的方向開始慢跑。看到他的笑容那樣親切，我也情不自禁上前與他緊緊握手。那時他已經六十幾歲，面容有些倦態，卻還是精神奕奕。他給我的感覺可以說是與吳克泰截然不同，他的第一句話說，太麻煩你了。到今天我還是無法解釋，為什麼他給我一種親人的感覺。尤其我驅車在高速公路奔馳時，他臉上還是充滿了微笑。他自我介紹說，他的本名是古瑞雲。所有到中國的台灣人，為了保護自己台灣家人的安全，每個人都改了姓名。

我無法解釋為什麼對周明感到特別友善，也許是他的言行舉止，也許是他的謙謙有禮。彷彿是看他親人那般，我毫不遲疑就敞開心房接受了他。在車上他問我的第一句話是，聽說你在寫謝雪紅的傳記。我說你的消息好靈通，是怎麼得知的？他說在上海時，就已經聽到轉手的訊息，而且又很明確地說，你在《台灣文化》創刊號開始刊登第一章〈落土不謝雨夜花〉，就有人把這篇文章傳送到北京。至少在中國內部的台灣人社區，都在傳播這個消息。那大概是我第一次深深感受自己彷彿是捅到一個蜂窩，似乎製造了一個事件。在撰寫之初，其實我並沒有多大把握。那時比較自信的是，也許寫到二二八事件為止，史料掌握還相當豐富。但是謝雪紅進入中國之後的真實狀況，我就無法確切把握。

周明說，趁我人在加州這段期間，如果有任何問題就趕快提出來，他可以提供給我最可靠的資料與信息。那段期間，我邀請他住在我小小的房子裡。每天一同起居，只希望在兩人對談中，獲得更多的歷史事實。他最早認識謝雪紅的時候，正是在二二八事件發生後，台中組成了「二七部隊」。台中商業學校畢業的他，主動加入了謝雪紅所領導的二七部隊。那時他才是二十出頭的年輕人，對於政治運動充滿了嚮往。他特別提到對謝雪紅的最初印象，他看到一位中年女性穿著落落大方。他們之間以台語交談，深深受到謝雪紅的吸引，覺得這位領導人頗具領袖風格。無論是對於局勢的分析，或是對於起義行動的方向，都給他非常明確的答案。周明說出了真心話，特別強調謝雪紅是相當迷人的女性。縱然是四十六歲的年齡，猶帶著成熟的風姿，舉手投足之間散發著魅力。

加入二七部隊後，謝雪紅邀請他擔任她個人的祕書。在那段慌亂的事件期間，他能夠保持近距離觀察這位領導人的生活起居。他回憶說，謝雪紅在事件過程中所發表的任何文件或聲明，手筆都出自楊克煌。他也是台中商業學校畢業，等於是周明的學長。整個反抗行動的點子，往往都是出自楊克煌與謝雪紅的共同討論。有時候，周明也參加兩人之間的對話。研究台共歷史以來，我第一次聽到如此第一手的訊息，對我後來的傳記撰寫幫助甚鉅。

2

周明在我的租屋停留一個星期，每天早上我們一起用餐。我的兩個孩子去上課時，正好是最好的對話時間。我們坐在客廳，讓初春的陽光照射進來。冰涼的空氣有時會竄入整個房子裡面，卻不影響兩人之間的訪談。周明說，上海的三月其實還是非常冷。尤其沒有暖氣設備，從來都是緊閉著門窗。他常常對著窗外做深呼吸，有一次還特別強調加州的空氣有一點點甜味，就像他的故鄉東勢從田野吹送過來的風。他非常羨慕我在加州的生活，因為沒有任何的政治干涉，也沒有鄰居的任何窺探，他說那是他從來沒有過的自由生活。

坐在沙發椅上背對著陽光，他慢慢回憶二二八事件時的朋友。他說有一位非常好的同學何集淮，跟他一起逃亡到上海。我聽到何集淮三個字，立即問他是否跟何集璧有任何關係？他眼睛一亮，立刻追問你怎麼知道何集璧？我說，在二二八事件的台中處理委員會看到這個名字，而且他的外甥女陳文茜正在加州大學讀書。這時候他的情緒立刻發生騷動，問我是否可以邀請她來見面。他說，何集淮從中學就跟他是非常好的朋友，在上海時期經歷的任何一個政治鬥爭，兩人都一定站在一起。他談到這裡時，似乎噙著淚水，久久不語。我追問何集淮現在在哪裡？他遲疑許久才回答，在文革時他被下放到安徽，失去了音信。最後一次得到消息時，才知道他在文革期間活活餓死。說到這裡時，他泣不成聲，一直說「他是我最好的朋友」。聽到他那樣感傷說話，我也禁不住與他一起流淚。

我立刻打電話到柏克萊，跟陳文茜說妳的舅舅何集淮的摯友周明，現在住在我這裡，他希望能夠和妳見面。在電話中，陳文茜聽到何集淮的名字，便立刻答應下午就來我家。從柏克萊到聖荷西的開車時間大約一小時，陳文茜在五十分鐘內就已經到達我家門口，顯然她是飆車而來。我開門讓她進來時，周明立刻迎上前去，緊緊握住她的雙手。那一幕，彷彿是親人的久別重逢，也讓我體會到何集淮在周明生命中的分量。我們一起坐在客廳的沙發，靜靜聽著周明回憶在上海的故事。他說，一九五二年整風運動時，我們都與謝雪紅一樣被批鬥。一九五八年反右運動時，兩個人都同時被打成右派份子，接受群眾大會的包圍與羞辱。那時謝雪紅已經受命遷到北京去，他們兩人仍然被戴上謝雪紅餘黨的帽子。那種連坐法，是最殘酷的政治鬥爭。一九六六年，文化大革命爆發時，何集淮無端被命令遷往安徽，那是他們最後一次見面。到底是在什麼狀況下，如何餓死，他仍然沒有獲得具體答案。講到這裡時，周明淚下，陳文茜也跟著淚下。

在心情相當低盪的時刻，過多的情緒不知如何排解。三個人靜靜坐在客廳，我找不到任何恰當的語言來表達。陳文茜突然問周明，想不想聽台灣民謠？周明抬起他的淚眼，輕輕點頭。她坐在鋼琴前面打開琴蓋，先用手指試音。她回頭跟我提醒，這架鋼琴是不是很久沒有調音了？我不好意思地點頭。但是她還是正襟危坐，彈出了音律優美的〈雨夜花〉。畢竟這首民謠，在殖民地時代就已經在流傳。即使到了戰後，仍然是台灣百姓的共同記憶。當她以流利的手指，滑出了音符時，含著眼淚的周明突然更加泣不成聲。他離開台灣太久，整整四十年。卻在另外一個陌生的土地，與摯友的外甥女不期而遇。在那時刻，也許有許多複雜的感覺湧上來。他唯一的處理方式，就是盡情讓淚水流出。周明的年齡在那年，大概超過六十五歲了吧。到達中國之後，就完全與台灣土地隔絕了。或許〈雨夜花〉的琴音，觸動了他靈魂最脆弱的地方。或許親情、友情、鄉情同時宣洩出來，他只能以淚水來整理。我一直壓抑自己的情緒，不要讓悲傷的氣氛更加悲傷。當我發現陳文茜彈琴之際，兩頰也懸掛著淚水時，我的眼淚也奪眶而出。

那一幕已經昇華成為我永恆的記憶。海峽兩岸，台灣兩代，卻只能選擇在遙遠的太平洋彼岸相會。我才驚覺自己離開台灣已經十餘年，比起周明，我離鄉的歲月確實較短。但我內心非常明白，兩人的鄉愁都有一樣的重量。三個人各自懷著悲傷的情緒，或許深淺不同，卻同樣朝向太平洋深情地望鄉。只有離鄉太久的人，才能夠體會周明的離愁。我並不勸阻他，也許讓他盡情流淚，讓他把積壓在心裡的委屈全部釋放出來，經過淚水的洗滌，才有可能更堅強地回到上海。周明說，一九五二年整風運動發生時，他與何集淮堅定地站在同一陣線，也就是站在謝雪紅這一邊。一九五八年反右運動時，何集淮已經被遣送到安徽，他自己單獨一個人承受反右鬥爭的壓力。他不知道何集淮是不是也被捲入那場鬥爭的漩渦裡，但是他心裡知道，只要被劃了謝雪紅的黨派裡，就不可能得到任何遁逃的機會。

周明說，文革爆發之後，音訊隔絕。他完全無法得知謝雪紅在北京的遭遇，更無法知道何集淮在安徽的處境如何。縱然沒有任何聯繫，卻已都形同天人永隔。他終於知道何集淮在安徽餓死的消息時，文革的鬥爭更加激烈，保護自己的性命尚且不足，根本沒有餘力去探聽何集淮的下落，如果說那是人間煉獄亦不為過。周明好像有很多故事要告訴我們，最後他才說了一個事實。在文革期間，他的獨生子被下放到內蒙古。將近十年的時間，父子之間簡直沒有任何音訊。文革結束後，兒子才被黨允許回到上海。周明說，兒子出現在眼前時，已經是精神不穩的一個人。很長一段時間，兒子總是獨自關在房間裡整日不語。這時周明才說，我的兒子雖然在上海出生，但是帶有台灣人的體質。當他被下放到內蒙古，台灣人是無法承受那樣酷寒的天氣。他兒子最初一兩年，都無法接受黨的安排，更無法忍受天寒地凍的生活條件。在下放期間，只收到他兩三封信，而且語焉不詳。那真的是令人感傷的時刻，完全無法想像父子被拆散的慘狀。

停留在聖荷西的期間，凡是有關謝雪紅的事蹟，周明總是傾囊相授。我總是把影印的《人民日報》、《光明日報》，凡有關謝雪紅的報導都虛心向他請教。反右運動時，謝雪紅被打成「走資派」，周明也被打成同樣的派系。他苦笑著說，我這輩子與資本家完全沒有任何往來，他的父親在東勢鄉下還是地主的佃農。卻因為政治運動來了，黨領導人開始製造許多不同的帽子。資本家的滋味是什麼，到現在他還是無法明白。所謂走資派，就是走資本主義路線的共產黨員。周明覺得解放後十年，幾乎每個人都變成貧戶。經過十年之後，他還是沒有得到具體的答案。在他身上，我真切看到台灣人在歷史上的命運。除了謝雪紅是醒目的目標之外，其他台灣人的共產黨員，一輩子都沒沒無聞，卻必須承受無端襲來的政治鬥爭。他低著頭，坐在陽光正盛的玻璃窗前。我把窗簾拉上，他就成為一座沉思的雕像。他久久不語，似乎嘗試排遣著累積在內心的過多情緒。到今天，那座雕像的身影，仍然永恆地坐在我內心深處，也占據著我記憶中非常重要的部分。

穿越歷史的門檻

1

許多傷痛從來不是一次復發，也從來不是一次療癒。總是像暗疾那樣，往往不定期發作。台灣歷史最大的創傷，從來不是發生在清帝國的統治時期，也不是日本帝國的殖民時期，而是爆發於國民黨來台接收所製造的二二八事件。對於自己在那年所發生的巨大創傷，並不是在成長過程中慢慢去理解。由於父舅輩的長期緘默，沒有人敢於在日常生活中提起。他們總是勤勞工作，為生活奔波，在家庭聚會時，也總是保持安詳的神情。他們不談政治，也不談歷史。當作彷彿什麼事情都未曾發生，甚至什麼事情都全然忘記。他們是善良的國民，是勤勞的工作者，為了每天的生計辛勤勞動。那時總是看見父親騎著一輛老舊的摩托車，早上匆匆趕去工地，黃昏時帶著倦容回到家裡。晚餐後，他總是會坐在陽台上獨酌。那時並不知道什麼叫作寂寞的滋味，只是看到父親孤獨的身影背對著我。我們小孩看不清楚他的面容，當然也無法理解他的情緒。這樣的影像，陪伴著我成長。也是同樣的影像，我藏在記憶裡，與我在海外漂泊。

就像所有戰後的台灣男人，在工作之餘，只能以各種嘲弄與玩笑自娛。他們從不會調侃別人，常常以自己的欠缺作為自嘲的話題。到今天仍然難以忘懷，父親獨酌的落寞身影。在他的影子裡，隱藏多少悲歡離合，一直是我成長歲月裡最大的謎。對於父親總是抱持敬畏的態度，他很善良，卻不是可親的人。在感情上，我們兄弟似乎比較貼近母親。父親與母親在非常年輕的歲月就結婚，那時是戰爭時期。新郎十九歲，新娘十八歲。在烽火的年代，逃避空襲警報之餘，他們竟然找到一個安靜的日子舉行婚禮。直到我的青春時期，因為自己遭遇了失戀的滋味，在落入挫折最低點的時刻，母親才有機會第一次跟我提起她的內心話。那年我也十八歲，母親安慰的方式，便是以她自己的親身經歷來鼓勵我。半世紀以前的記憶，直到今天還是那麼清晰。那時我委頓地坐在桌前，覺得感情失敗頗不甘心。坐在身邊的母親，默默擦拭淚水說，她也曾經有過夢想，如果不要那麼早結婚，也許可以追求屬於自己的生命。

生平第一次聽到母親這樣說話，頗覺訝異。母親好像生下來就是母親，我們這些孩子非常自私地向她索取親情、索取安慰，卻未曾問過她的生命感受。母親說，那時從台中大甲搬到高雄時，也希望有機會能夠為自己創業。但是命運有它一定的道路，就被安排與你父親認識，而且很快就結婚。婚後第二年十九歲，就懷有我的大姊。然後每過一、兩年，就有一個孩子。到她二十八歲之前，就已經擁有六個孩子。我排行老三，上面有大姊大哥，下面有兩個弟弟一個妹妹。那種場面，也必須要我到達人父的階段時，才能夠徹底明白。

那時一直來不及問母親的夢想是什麼，只知道她自己的生命軌跡已經被時代弄歪了。她只是淡淡說，戰後發生的事件，全家都生活在恐懼裡。她說得那樣平淡，青春時期的我完全無法理解。她只說，戰爭才結束兩年，又再次看見不同服裝的軍人來到家裡。奪走她手指上的戒指，然後把父親帶走。陷在失戀深處的情緒裡，我並沒有追問，也不知道她所說的事件是什麼。往後大約有兩年的時間，直到我考上大學之後，才與父親回復說話。父子兩人之間，有一道看不見的牆。舉手投足之際，深怕又侵犯了他。或許也隱隱可以體會，父親有某種挫折感。尤其我選擇歷史系之後，便關在閱讀的世界裡，父子之間再也沒有深談的機會。終於能夠與他交心說話，我已經在海外漂泊許久。

從我的書房，看見父親孤獨坐在後院的樹下，才赫然又喚起我的記憶。在幼年時期，所看到父親獨酌的身影。他在外面那世界的所有遭遇，未曾帶回家裡與孩子分享。當他孤獨飲酒的時刻，或許是在咀嚼消化他所承受的各種情緒吧。我終於忍不住走到後院，與他坐在樹下。那是一株巨大的楓樹，反而使整個院子相形更加縮小了。春天的微風襲來時，父親不禁豎起衣領。對他來說，似乎過於寒冷。那年我四十歲，我主動提起二二八事件四十週年到了。他的眼神有些訝異，只是淡漠地回我，就不要提那件事吧。我不能不說出自己的想法，畢竟我必須到達海外之後，才訝然發現戰後初期的事件。我慫恿父親說出他在事件中的經驗，他似乎經過一些內心的掙扎，父親終於吐露了埋藏一生的記憶。

他說，那時我們住在三塊厝，也是三民國小的對面。屋前那條路，就是現在的建國路。走出去往左邊走，是愛河的南興橋；往右邊走，會經過高雄中學，然後到達高雄火車站。事件那年，中國軍隊還沒有登陸，但是高雄要塞司令彭孟緝，已經派兵在市區街頭開槍掃射，死傷無數。那年三月九日，二十一師在高雄登陸，那真是令人恐懼的時期。軍隊是在深夜到達，不久就槍聲大作，整個晚上都讓人無法睡眠。尤其從隔壁街口傳來的野狗吠聲，聽來讓人頭皮發麻。第二天清晨，就有士兵來敲門。門啟處，士兵就以吆喝聲闖進來。甚至跑到樓上，四處搜尋、翻箱倒櫃。那是父親的租屋，戰爭時期就已經住在那裡，戰後又繼續住在那裡。當時的維生方式，就是父親在路邊擺麵攤。那是我未曾熟悉的故事，他那樣提起時，我才第一次明白，善良百姓是如何在戰後苟活偷生。

那時我的外祖父、外祖母與全家一起合住。在童年時期外祖母就一直躺在床上，似乎她的雙腳生瘡已經不良於行。那個年代完全沒有任何醫療知識，我曾經站在她的門外偷窺，看到她掀開棉被用草藥塗上傷口。看不清楚那傷口有多大，只記得從膝蓋到腳踝的肌膚是黑色的。那時總覺得外祖母好可憐，但家人都束手無策。外祖父似乎沒有固定的工作，好像跟著一位總鋪師擔任助理。我出生時，二二八事件已經發生過。無論是家庭氣氛，或屋外的街道景象，總是那麼低迷而幽暗。最早的記憶，也許是四、五歲左右。三民國小的校園駐紮著當時剛剛撤退來台的軍隊，打著綁腿的士兵在教室外面曬著鍋粑，那是我最早的記憶。外公牽我的手站在校門口那邊觀察，整個氣氛非常陌生，又帶著一絲畏懼。我不知道為什麼外公特別照顧我，每一次他騎車出門，一定載著我四處遊蕩。童年時期的三塊厝，現在已經改為三民區。所有的記憶，如今已全盤兩樣。但是在家裡的低迷氣氛，到現在仍然盤旋在胸臆之間。

我決心要研究二二八事件，並且也決心要撰寫《謝雪紅評傳》，似乎從父親的談話裡，找到更強烈的意志。童年時最清楚的場景，便是父親常常帶著我們兄弟，走到三民國小校園後面的鐵道。站在黃昏的晚風裡，父親總是朝著北方瞭望，有時則站在枕木上，望向軌道的盡頭。我不知道他在期盼什麼，更不知道他對遠方的想像是什麼，或許他等待著朋友歸來。

事件過後，許多朋友失蹤了，有一、兩位確知遭到槍殺。那是他生命裡永恆的噩夢，也或許是整個世代台灣人共同的噩夢。每一個倖存的靈魂，都只能選擇自我消化、自我脫困、自我救贖。夜晚裡，他自斟自酌的孤獨背影，又不期然浮現。他所承受的祕密，並非只屬單獨一個人。那時他才正要進入盛年，就已經找不到精神出口。只能選擇鎖在自己的內心，鎖在自己的記憶，鎖在整個時代的苦悶裡。

2

那年我四十歲，也是二二八事件的四十週年。在史丹佛大學胡佛研究中心工作的張富美教授，與我一起籌備事件四十週年的研討會。我能夠在那研究中心的圖書館自由借書，全然是受到她的協助。她的研究辦公室位在中心的一樓，而藏書室則是在整個大樓的地下室。每次去借書時，我總會到她辦公室打個招呼。張教授是雲林虎尾人，台大法律系畢業，在哈佛大學獲得語言學博士。當我埋首於《謝雪紅評傳》的撰寫時，獲得她的協助最大。那年為了迎接事件四十週年的到來，我與她合作籌備一場研討會。會有那樣的構想，是因為台灣正在發起二二八事件和平運動。那時主編《自由時代》的發行人鄭南榕，與我同樣出生於一九四七年。他接受陳永興、李勝雄的邀請，決心舉行一場和平運動的遊行。那時民進黨已經成立，戒嚴還未解除，整個社會對於歷史事件仍然保持高度禁忌。如果經過四十年，台灣社會還活在事件的陰影下，則反對黨的成立似乎並未改變政治現實。由年輕世代發起的和平運動，似乎已經預告一個時代的轉折期即將到來。

對我這個世代而言，從出生之後就一直活在威權體制的陰鬱空氣裡。現在步入中年，歷史噩夢與政治枷鎖卻始終維持不變。如果無法突破思想牢籠，別說要改變社會的命運，即使是個人的命運也無法突破。陳永興在籌備遊行活動的時刻，特別在越洋電話要求我海外舉行紀念活動，以配合台灣的群眾運動。我答應了，並且以《台灣文化》雜誌社的名義，邀請海外學者參加。那場會議可能是海外學者與歷史研究者的一次大集合，使長期受到壓抑的事件記憶第一次揭開，並且相互對話、討論、反思。當時還有一些朋友，即使在美國定居許久，談到二二八事件時依舊感到畏懼。當我邀請他們來參加會議時，仍然沒有勇氣答應，深怕自己會列入黑名單。白色恐怖與威權統治的威嚇是如此強大，竟可以使那麼多同鄉聽到二二八的字眼時，還是選擇退縮的態度。對於那樣的畏懼，我不會做任何責備，反而更加對他們感到憐憫，也更加對國民黨統治懷有無比厭惡。

我特別選擇二月二十八日這一天，因為在台灣的和平公義遊行也正同步出發。這樣小小的集會，或許無法對台灣產生任何效應，但至少在心靈上，我願意選擇站出來與島上街頭遊行的朋友站在一起。這次學術討論會，邀請了彭明敏、林宗義、林宗光、蕭欣義、張富美、張旭成、簡炯仁、謝聰敏、林衡哲。這樣的集合，確實有相當重要的政治暗示。彭明敏與謝聰敏是師生關係，他們在一九六四年所共同發表的《台灣人民自救運動宣言》，已經在知識份子之間成為相當珍貴的共同記憶。由彭明敏、謝聰敏、魏廷朝共同撰寫的這份文件，為他們帶來相當重大的代價。謝聰敏與魏廷朝都遭到判刑，彭明敏則遭到監視軟禁。一九七〇年，彭明敏化裝逃亡，他的生命故事充滿了傳奇。當他答應來參加會議時，所有的籌備工作者都相當期待也非常興奮。

會議舉行那天，北加州還相當寒冷，但是會場已經擠滿了聽眾。看到那樣的盛況，似乎可以感覺到埋藏許久的記憶又再度復甦。彭明敏首先做開場的演講，他的講題是「二二八事件在戰後台灣的歷史意義」，等於是為這場聚會定下了基調。凡是讀過他所寫的回憶錄《自由的滋味》，都相當清楚他們那個世代所受的精神衝擊，是無法簡單概括的。事件發生時，他的父親彭清靠是高雄市參議會的參議員。經歷那場血腥的屠殺，他的父親在精神上所造成的震撼久久無法復原。事後曾經說出內心的感嘆，「甚至揚言為身上的華人血統感到可恥，希望子孫與外國人通婚，直到後代再也不能宣稱自己是華人。」那種徹底切斷血緣關係的思維方式，恐怕也是那個世代許多受害者的共同心情。在紀念會上，彭明敏的演講語氣相當平靜。但是可以強烈感覺到，那段傷害仍然清楚而鮮明地留在記憶裡。

其他與會者的論文，包括林宗光〈美國眼中的二二八事件〉、蕭欣義〈賴、馬、魏二二八研究初稿評介〉、張富美〈二二八事件參考資料的評介〉、張旭成〈二二八事件的政治背景及影響〉、簡炯仁〈事變前夜的台灣社會結構〉、謝聰敏〈四十年後的持久戰〉、林宗義〈林茂生與二二八事件〉、林衡哲〈從吳濁流文學看二二八〉、陳芳明〈戰後初期的謝雪紅〉。林宗義與林宗光，是二二八事件受害者林茂生的兒子。林茂生是日治時期台灣第一位哥倫比亞大學博士，從林茂生的受害就可以知道那場事件除了大屠殺之外，便是針對台灣社會知識份子菁英進行有系統的滅口。經過那次討論，我才明白為什麼日治時期與戰後時期的文化傳承會造成斷層，最大原因就在於那麼多的知識份子遭到殺害。他們的思想與文字，也同樣遭到查禁。尤其林宗義提起他父親時頻頻擦拭淚水，到今天那個場景還是久久無法遺忘。

歷史記憶的詮釋，往往可以彰顯歷史撰寫者的政治策略。在從前受教的過程中，台灣學生總是受到學校教科書的影響。小學六年級時，印象最深刻的是台灣光復節。在上課閱讀時，到今天仍然記得課文特別強調台灣百姓如何熱烈迎接國軍的到來，也刻意描述街頭上家家張燈結綵的景象。但是對於屠殺的歷史記憶，便完全隻字不提。這種選擇性的記憶，正是台灣學子最深刻的受教經驗。因為對歷史的無知，從來並不知道自己的出生年代發生如此慘重事件。在後來的成長歲月裡，才逐漸察覺到處充滿了禁忌。處在漫長的蒙騙過程中，似乎已經學習安於現狀，卻從未意識到安逸生活的底層是掩蓋多少傷害。召開討論會那年，我正好進入四十歲，那時已經非常明白自己靈魂的深處，充滿太多傷害的記憶。尤其一九八〇年的林家血案，特別選擇在二月二十八日當天以殘酷手法，殘殺了林義雄的母親、雙胞胎女兒。經歷那場血洗的事件，才喚醒了四十年前的屠殺記憶。四十週年討論會，似乎不可能帶來什麼，也不可能創造什麼。卻對我個人的流亡生涯，帶來相當深刻的反思。如果自己放棄歷史記憶的重建，無疑是放棄人的尊嚴、人的意義，以及人的崇高價值。

在會議中，我所發表的論文是〈戰後初期的謝雪紅〉。等於是正式向自己宣告，我一定要完成這位革命女性的生命戰鬥史。生而為人，從來都不是安穩的。生而為台灣人，在祈求生命的安穩之前，就已經預約了一個殘酷的政治事件。事件的幽靈，一直伴隨著我成長的歲月。總覺得歲月盡頭，將可到達幸福的境界。年少時期所立下的各種誓願，都全然與歷史記憶毫不相干。因為從出發的時刻，就已經受到有計畫的蒙蔽。在腦部皺褶裡，絲毫不存在任何事件的痕跡，也不存在有關白色恐怖的痕跡。出生以來，就注定是屬於失憶症的人。而所謂失憶症，便是腦部呈現扁平化，絲毫不存在任何皺褶。但是，這樣的失憶症，卻是由統治者刻意製造出來。那場四十週年的會議，似乎對我是穿越歷史門檻的儀式。不僅徹底向威權統治告別，也徹底向前半生的失憶症告別。書寫歷史，記錄歷史，解釋歷史，就成為我後半生的生命義務。沒有誰可以奪走我的記憶，如果我放棄歷史的重建，也就等於放棄我作為人的基本權利。

眺望維多利亞海港

1

四十歲那年，好像發生許多事情。由於時間太久，有些記憶開始呈模糊狀態。那年為了出版吳濁流的《無花果》，也要出版鍾肇政先生為吳濁流翻譯的遺作《台灣連翹》，我受林衡哲先生的委託，特地飛往香港去接洽印刷廠。那是我第二次離開美國。由於無法回到台灣，我仍然選擇東京是這趟旅程的中途站。對於自己的東方之旅總是懷著複雜的心情。在一定的意義上，我好像又回歸東方，但是到達東方卻無法到達自己的故鄉。飛機在成田機場降落時，可以看到周邊的日本農舍。亞洲的七月已經非常炎熱，從機艙的窗口外望可以看到綠色的田野。鄉村道路羅列著藍色屋瓦的農家。選擇深藍色瓦片作為屋頂，是日本民房的特色。在綠油油的田地中間，錯落著寧靜優雅的屋頂，遠望時特別迷人。從成田機場乘坐快車到達上野車站，在那邊轉接山手線，我到達池袋。因為已經來過一次，池袋車站西口對面的街道，就是史明先生的新珍味餐館。

到達餐館門口時，心理上似乎有一種回家的感覺。那是夜晚的時刻，餐館裡坐滿了客人。櫃檯後面的日本廚師看到我，顯然知道我是誰。他立刻上樓告知史明，說我已經到達。我提著行李就直接上樓，看見史明坐在他臥房的桌前，矮桌上置放一冊精裝的書籍。他看到我出現時，就以日語跟我打招呼，說「よかった」（太好了）。我也席地坐下，發現那是日本史料集。史明一直有閱讀的習慣，下午時間他固定去游泳，夜裡則閉門讀書。因為習慣他的作息，我已經非常明白他的規律生活。我大約可以計算出他的時間表，晨起打坐，之後是閱讀時間，午餐後稍事休息，便外出去游泳，夜裡回到房間繼續未完的閱讀。十一點左右，他準備就寢。我看見他櫃子上，有一些黑膠唱片，原來是中國三〇年代的流行歌曲。包括白光、李香蘭的唱片，也羅列其中。他早年參加中共游擊隊的記憶，仍然非常清楚。他甚至以地下黨員的身分，在上海租界地活動過。他對三、四〇年代的中國流行歌曲，似乎有強烈的懷舊感。從表面上看，總覺得他非常孤獨。但是了解他的生活節奏，就可察覺他在精神上非常充實。

他希望我把那裡當作自己的家，容許我自由出入。我還是住在頂樓，可以看見池袋的霓虹燈。尤其餐館的那條巷子，依舊閃爍著色彩繽紛的燈光，似乎引人遐思。因為風月場所就在附近，深夜時刻仍然還有許多客人來造訪餐館。那樣吵雜的空間，完全並沒有影響史明的生活秩序。看到他自律甚嚴，我才明白為什麼《台灣人四百年史》可以順利完成。從一九六五年，他把日文版重新改寫。耗費將近十五年的時間，他終於讓中文版順利竣工。但是從史料的累積、到文字的書寫、到詮釋的策略，都由他一個人獨力完成。他有他傲慢的理由，所有的行事風格完全不假借他人之手。在眾人之間，他是寂寞的。在熱鬧都會裡，他是孤獨的。

那年我開始撰寫《謝雪紅評傳》，東京之行使我有機會向他請教。如果只依賴台灣總督府所遺留下來的史料，似乎有可能對歷史的判斷產生偏差。住在他的高樓上，我有好多機會向他請教。我仍然記得向他請教一個問題，台灣共產黨是應該領導工人運動，為什麼在一九二八年時，在搶奪台灣農民運動的領導權？史明說，因為台灣的工人階級還不夠成熟。縱然都市裡有工廠的存在，工人的數量並不多，台灣基本上還停留在農業社會。農民問題比工人問題還來得急迫，台共如果要發展組織，只能在被壓迫的台灣農民之間進行聯合的工作。我疑惑許久的問題，史明在短短時間裡就為我解答。

在東京只能停留短短四天，史明知道我喜歡舊書店，特別提醒我，早稻田大學與東京大學外面的舊書店值得去探訪。我偏愛在日本的舊書店徘徊，因為每本書看起來都特別有尊嚴。即使年代久遠，書的封面還是保持得相當乾淨。依照史明的指示，我坐山手線在高田馬場下車。通往早稻田大學的路上，就有幾家典雅的舊書店。我照例去尋找有關魯迅研究的舊書，就在那次東京之旅，我獲得丸山昇、竹內好的著作。日本的中國文學研究，特別強調對魯迅的認識。不僅僅魯迅是開啟中國現代文學的思考，同時也是一位充滿批判精神的作家。尤其一九四九年之後，毛澤東又把魯迅的地位提高到最頂點，使得日本學界無法避開這位重要的思想啟蒙者。其中更為關鍵的因素是，魯迅是到達日本受教，並且開啟他一生對現代文明的追求。站在書店捧讀丸山昇與竹內好的書籍時，似乎可以摸索到日本學者的治學精神。

在東京的短暫停留，不僅讓我更深刻體會史明的生活起居，也讓我無意中接觸了日本的魯迅研究。魯迅作品的閱讀，影響了我日後的台灣左翼文學研究。在漫長的受教過程中，我們都一直被引導去注意主流價值的演變。而所謂主流價值，指的是男性、異性戀、漢人的美學觀念。無論從性別、階級、族群來看，文學教育的核心精神都在為既得利益者辯護與申論。這種影響的方式，往往無法察覺。左派的立場，就在於糾正過去那種習以為常的思維方式。當文學放在知識教育的體制裡，往往都變成了權力在握者的幫閒或幫凶。長期閱讀魯迅，也開始察覺自己在審美觀念上的偏頗與偏見。魯迅文學所帶來的衝擊，便是使自己看見從前看不見的世界。離開東京時，我更加體會左翼文學的深刻意義。在飛往香港的機上，我也提醒自己去尋找魯迅的中文研究。那樣的遠航，似乎在我生命裡投下了重大暗示。

2

在茫茫大海上，從機艙的窗口遠遠望著台灣島，說有多感傷就有多感傷。在渺茫的大海上，浮沉著一座綠色島嶼，那顏色呈墨綠狀，正好與藍色的海洋形成強烈對比。波濤是那樣平靜，島上的山脈是那樣的崎嶇，卻在我內心造成無法平撫的皺褶。只能望鄉而不能歸鄉，簡直是靈魂裡的一種凌遲。十一年未歸的故土，那麼鮮明地浮現在我眼前，而我竟無法觸摸那島上的塵土。我貼著窗口默默容許淚水不斷流下，只有在那樣的時刻才能感覺自己是多麼想念故鄉。我第一次體會政治權力的冷漠與殘酷，只因為思維方式與政治意見沒有配合當權者，就給予無法入境的懲罰。我並不是唯一的黑名單，在北美還有上萬個台灣人，都被鎖在台灣的國境之外。那年已經解嚴，返鄉的道路反而更加遙遠。那種苦澀的滋味，已經沒有任何恰當的詞句可以形容。

到達香港啟德機場時，才發現飛機降落的航道，兩邊都是高樓。地狹人稠的景況，必須到達現場才能體會。這是我第一次到達英國殖民地，它的歷史與文化於我都非常陌生。走出機場時，到處都是廣東話的口音，內心不免感到慌亂。在美國我還聽得懂英語，在東京我還聽得懂日語。但是到達這個華人的世界，我卻聽不懂任何一句話。我坐計程車到達一個叫做灣仔的地方，才發現每一條街道都橫掛著招牌。雙層巴士通過時，車頂幾乎抵到招牌，那是香港最初所給我的異國情調。但是乘客卻對我非常親切，我問隔座的一位女性，告訴她我即將投宿的旅館。她熱心而親切，指點我在哪站下車，心情才稍稍篤定下來。我也發現他們交談時，待人非常客氣，開口閉口都是「唔該」，其實就是表達謝意。

在旅館安頓之後，立刻以電話與出版社的老闆聯絡。曾經在加州以越洋電話與他交談過，從語氣聽來似乎是非常幹練。他出現在我旅館的大廳時，我才發現是一位年輕人，大約三十餘歲，渾身充滿了商場的味道。香港之行，是為了確認他們的印刷品質以及交貨日期。他們並不知道《無花果》與《台灣連翹》的意義是什麼，更不知道吳濁流是誰。這使我感到非常安心，書籍應該可以順利印行。這是畸形年代的畸形策略，在香港印刷，在美國發行，卻無法入境台灣。《無花果》在一九六五年就被查禁，台灣沒有多少讀者知道這本書的存在。而《台灣連翹》是吳濁流生前所遺留下來的日文稿，經由鍾肇政先生的翻譯卻未能在台灣發行。其中最主要的關鍵，在於這兩本自傳式的回憶牽涉到二二八事件。事件發生時，吳濁流是《台灣新生報》的記者。當年他騎著腳踏車，在市內四處觀察，親眼目睹了國民黨軍隊在街頭屠殺民眾的慘況。

《台灣連翹》揭露了一段祕辛。當年行政長官陳儀準備逮捕台灣知識份子之前，曾經開出一份名單，這份名單羅列了當時台灣社會的菁英。如果不是日治時期的反抗者，便是政治運動的菁英份子。吳濁流特別指出，陳儀計畫逮捕這些知識份子之前，邀請重慶回來的台灣半山簽署同意書。吳濁流在寫這段回憶時，也覺得自己是在冒險。所以在書稿的最後特別交代，他死後十年才能印成中文發行。這份稿子他委託給鍾肇政，這是兩個世代之間的承諾。鍾肇政履行他的諾言，在一九八六年翻譯完成。這份譯稿優先由海外發行，我的香港之行便是承擔這份工作。在印刷廠審視排版後的油印稿，讀來覺得怵目驚心。

當年吳濁流撰寫《無花果》時，其實是在回顧自己的成長經驗，只有在書的最後一節才稍稍觸及二二八事件。他並沒有描述事件的過程，而只是把事件作為戰後生命的起點。但是，「二二八事件」五個字，就使思想檢查者無法承受，便逕行查禁這本回憶錄。遠在海外，頗能體會吳老的用心良苦。那並不只是他個人的歷史記憶而已，而是戰前戰後兩個世代的共同記憶。迢迢從北美飛返亞洲，其實是希望吳老的作品可以順利出版。我畢竟是屬於事件的餘生者，沒有理由拒絕承擔這份工作。坐在旅館的窗口，我探望著這陌生城市的夜空，不免感受到強烈的飄泊感。這種飄泊不只是自己的生命無法找到定位，甚至整個台灣歷史也無法找到定位。

鍾老所譯出的中文稿，讀來特別流暢。一方面讀著油墨的鉛字，也一方面對照著鍾老的鋼筆字。在稿紙上，可以清楚看見鍾老的字跡近乎行雲流水。每一個筆畫，是那樣專注，又那樣飛揚。內心不免暗暗讚嘆，無論是一筆一勾都顯得那麼鄭重。那趟旅行非常辛苦，但是閱讀他的原稿時，反而得到一種無法言喻的撫慰。我必須離開台灣之後，才真正認識了吳濁流精神。也必須閱讀了《台灣連翹》的譯筆之後，才更加確認鍾老的文學精神。兩位台灣作家前輩的形象，從來沒有像那個時刻以最清晰的面貌呈現在我眼前。我不宜誇大那個時候的感受，但是在我追求台灣文學的漫長旅途中，香港燈光下的時刻到今天久久難忘。

停留在香港期間，我特地聯絡了在香港大學任教的李南雄教授。他是戰後初期《公論報》發行人李萬居的兒子，在美國時讀過他政治學的論文。我與他相約在旅館的餐廳見面，竟一見如故。一九八〇年代中期，海外的台灣學人為數不多。他對兩岸關係的研究頗深，談吐之間可以感覺他的鄉情甚濃。我與他談起李萬居生前的故事，也提起戰後初期的《公論報》。那時我正在蒐集台灣新詩史料，特別向他說《公論報》的新詩週刊對我的幫助甚大。這位年輕的政治學教授神情煥發，額頭閃爍著香港的陽光。在陌生的殖民地城市與他談話，如見故人。當他知道我是黑名單時，神情似乎有些訝異。他當然知道我曾經在洛杉磯編輯過《美麗島週報》，卻不知道我的身分竟然如此受到國民黨的重視。我特別向他解釋，只要有機會我一定會回到台灣。他陪我到印刷廠，使用粵語與店裡的老闆交談，特別提醒他必須禮遇這位朋友。離開後，他特別強調香港人喜歡欺負陌生人，他只是要讓老闆知道我在香港也有朋友，而且是大學教授。因為教授的身分，在香港社會特別受到尊敬。他那樣細心的照顧我，讓我感動許久。離開台灣那麼久，我第一次感受到如此溫暖的鄉情。

施叔青在那天晚上邀請我一起晚餐。因為她的夫婿是哈佛大學商學院畢業，被紐約的公司派駐在香港。那時她正在撰寫《維多利亞俱樂部》、《情探》、《愫細怨》，與她過去的風格截然兩樣。我記得她早期的作品，描述著幽暗、鬼氣的鹿港。我在西雅圖時，她也曾經來與我相見。她是一個自我要求、自律甚嚴的作家。我仍然記得在台大研究所時期，閱讀她的短篇小說集《拾掇那些日子》、《常滿姨的一日》，就覺得她的文字相當細膩，直抵女性的內心世界。她與我坐在九龍海灣的飯店裡，整個維多利亞海港倒映著香港大樓的燈光，那種氣象令人感到震懾。從來沒有見過如此華麗，而又令人目眩的夜色。望著海水搖晃著光影，我終於領教這個城市是如此迷人。

身為過客，我無法體會香港人的心情。施叔青只是淡淡地說，再過十年，這個殖民地就要歸還給北京。已經有許多香港人，同時擁有好幾本護照。如果不是加拿大、美國，就是取得英國的居留證。我自己在漂流的狀態裡，無法深刻體會九七大限的危機感。施叔青在那段時期所寫的小說，表面上是在記錄城市繁華的景象。但她的幽微文字，其實是要彰顯香港命運的不可知。那天跟她談到很晚，直到最後一班渡輪即將出發時，我才與她告別，並且相約在加州見面。坐在渡輪的窗口，我眺望著香港的華麗燈光。那麼狹小的島嶼，整排大樓羅列在海邊，看來有點疊床架屋，卻又構成一種驚險的美感。這海港那麼開闊，卻只需十幾分鐘就可以從尖沙咀到達中環。那短短的旅程，卻帶給我複雜而豐富的想像。圍坐在餐桌時，施叔青重複兩次說，香港人都只是在「嘆生活」，也就是在享受生活。

香港之行是我的意外人生。從來不知道在海外漂泊的歲月裡，竟然多出了一個未曾對話的東方之旅。我不是香港人，卻能夠體會他們的無國籍命運。畢竟，我所持的那份身分證明，上面也清楚寫著我是無國籍的人。只要能夠避開威權統治，避開毫無人性的統治，申請其他國家的護照，並非是可恥的事。到達香港時，我已經離開台灣十餘年。縱然踏在東方的土地上，看到同屬黃種人的面孔，我似乎無法有任何喜悅感。同樣在渡輪上的香港旅客，恐怕也無法為自己找到確切的答案，而我更沒有任何答案可尋。到今天，每次想起香港，維多利亞海港的輝煌燈光仍然閃爍不熄。那燈光是幻影，是錯覺，是噩夢，久久揮之不去。

在陌生的歷史水域

1

重新建構台灣人的歷史傳記，似乎是從未有過的探險。在營造謝雪紅的傳記時，我完全依賴史丹佛大學的藏書。那時從未思考過，如何與在中國流亡的台共黨員聯絡。即使在撰寫蘇新的傳記時，也都是藉由第二手史料來鋪陳歷史敘述。所謂第二手史料，除了日本警察檔案之外，也不時在報章雜誌上尋找特定立場的回憶錄。到達香港時，曾經尋找過謝雪紅的活動舊址，卻遍尋不著。在殖民地的環境裡，似乎為歷史的剩餘與多餘留下空間。一九四七年，台灣的左派與右派政治運動者，都不約而同到達那裡。所謂左派，自然是指台灣共產黨的倖存者。他們在二二八事件之後集體逃亡到香港，並且在那裡創辦政治刊物。也就在那個海港城市，他們遇到右派的廖文毅。廖文奎與廖文毅兄弟都是追求台灣獨立的主張，政治立場恰好與謝雪紅的台灣自治旗幟站在對立面。那是一個沒有歷史答案的年代，所有的政治見解正好在香港這個地方同時並立。

從香港回來之後我開始思考，是否與留在中國的台共黨員嘗試聯絡。在苦思之際，卻不得其門而入。回到聖荷西之後，突然發現有一封陌生的信件寄自北京，放在門前的信箱裡。我非常好奇，為什麼會有北京來信。坐在門前廊下，我仔細捧讀天外來鴻。那時夏日將盡，從山那一邊微微吹來秋風，信紙在手裡隨風顫動。我看到信後的簽署是王萬得，眼睛不禁一亮。他是台共裡的重要黨員，一九三〇年這個左派組織發生分裂時，王萬得扮演著關鍵角色。信裡的文字讀來非常親切，只是翻至第二頁時才知道，他是為我正在撰寫的《謝雪紅評傳》給我意見。自從我開始動筆撰寫傳記，並且也發表了第一章，從此天涯海角便不時有人寫信給我。有些人擔心我的政治立場，有些人希望這本傳記可以寫得更加可靠，有些人則害怕我過於肯定謝雪紅的政治地位。後來我才明白，這位台共領袖的身分就像一塊巨大的磁鐵，可以吸納來自四方的不同訊息。

那時我在內心自問，是不是捅到了一個蜂窩？我不知道這些信息到底是祝福還是詛咒，一時無法釐清。在殖民地時期，王萬得就對謝雪紅充滿了敵意。身為台灣共產黨的唯一女性，似乎很難得到男性黨員的認同。背後的因素相當複雜，但基本上還是男性沙文主義在作祟。他們見不得如此重大的政治組織，竟然是由一位沒有受過教育的女性來領導。畢竟其他男性黨員都讀過書，而且具有留學日本與留學中國經驗的男性知識份子也不乏其人。在性別上，在知識上，謝雪紅遭到雙重歧視。然而，她畢竟是從莫斯科訓練歸來，無論是國際視野或是專業訓練都遠遠超過其他男性黨員。在建構她的傳記之際，似乎我的知識追求也找到一個突破點。過去太過耽溺於史料的考據，也太耽溺於儒家思想傳統的追尋。那樣的歷史研究，太過於扁平化，也太過於制式化。

在思考上找到突破點，便是注意到歷史上被邊緣化的族群、階級、性別，那是從前在歷史系的傳統裡從未到達之處。有生以來，第一次發現什麼是結構性的思考。這種歷史結構、政治結構、社會結構，顯然不是過去所學習的歷史方法論所能處理。對我而言，從前的歷史研究只是做線性的思考，側重於時間的流變，卻完全忽視了空間的移動。在謝雪紅身上，我感受到她所受的壓迫，絕對不只是性別身分而已，而且也有階級壓迫與族群壓迫。到達四十歲之際，我清楚察覺自己的思考方式有了重大轉折。

當我在書寫台灣、左翼、女性的時刻，正好站在國民黨當權派的對立面。在戒嚴時期，整個知識的思考完全是站在中國、右派、男性立場上。過了半生，終於為自己開啟全新的知識道路。彷彿是行舟到一個陌生水域，所有的風景都完全陌生，卻又帶著一種強烈的吸引力。那是漫長生命歷程中的罕見時刻，一方面重新整頓從前的思維方式，一方面也嘗試開啟全新的理路。在摸索左翼運動時，有時不免感到驚險，同時也感到驚豔。收到王萬得的來信時，讓我第一次非常生動地感受到台共內部的政治鬥爭。這個左翼政黨人數不多，卻是由不同路數的成員所構成。其中包括中共黨員、日本歸來的留學生，以及所謂的土共，也就是在台灣本土所孕育出來的左翼知識份子。

王萬得的筆跡看來相當剛硬，似乎也透露了他內在的強悍性格。他在信裡以「壞份子」來形容謝雪紅，顯然兩人之間存在著深仇大恨。信裡所附的照片看來特別老邁，而且臉頰充滿了滄桑的紋路。一位近八十歲的老人，看來還是頗有精神。我立刻回信給他，並且希望他能透露有關台共的蛛絲馬跡。我並不知道他的政治處境如何，只覺得往來的每一個文字都受到監視。在回郵信件裡，我也附了連載十八回的蘇新傳記。這篇傳記的題目是〈永遠的望鄉人〉，是我建構台共歷史的最早一篇。比較離奇的是，我先後收到兩封回信，卻都由別人代筆，甚至其中一封寄自加州。那段時期北京已經決定了改革開放的政策，但是敏感人物的書信往來可能還是受到監視。我有一位黃姓朋友是工程師，那段時期正要去北京出差，便委託他帶書信與禮物給王萬得。一個月後，朋友從北京回來，並且也攜來王萬得的照片。

黃姓朋友說，他與王萬得都以台語對話，而且鄉音未改，身為台北州人，似乎還有親戚留在台灣。黃姓朋友說，王萬得非常親切，非常感激有台灣人跟他見面。這大概是我所得到的最後信息。再過一年，《人民日報》有一條消息說，王萬得在北京去世。一九八五年八月十二日，北京新華社發布一條消息：「台灣的名政治活動家、愛國老人、中國人民政治協商會議全國委員會委員、台灣民主自治同盟總部顧問王萬得，因長期患病，醫治無效，於一九八五年七月二十六日下午四時在北京逝世，享年八十二歲。全國政協和台盟總部已組成治喪小組，籌備追悼會事宜。」這樣簡單幾個字，總結他曲折而複雜的一生。其中的關鍵字「愛國老人」，可圈可點，等於遮蔽了他驚濤駭浪的一生。捧讀這條新聞時，心裡非常明白，真正的歷史真相終究注定要石沉大海。那整個下午，內心無比惆悵。我與台共歷史整整有一個世代的差距，而我與北京的距離整整相隔半個地球。我不免懷疑，自己建構的歷史到底差距有多大。

立體的生命化為靜態文字時，不免都扁平化了，這是無可選擇的選擇，也是無可判別的判別。那些真實的光與影，最後都濃縮成為故事的橋段。在某些不近情理的時刻，只能依賴有限的閱讀、有限的史料、有限的想像，來重構千絲萬縷的真實事件與真實人物。好不容易才尋找到台共歷史的倖存者，卻無法與他進行真實的對話。我受到遠洋的隔離，他受到政治體制的監禁，卻在神祕時刻突然出現溝通管道。那樣的時間與空間稍縱即逝，當他走了之後，所有的對話都歸於枉然。我又回歸到靜態的史料裡，獨自摸索，獨自判別。一旦我留下文字，在後來讀者的眼光裡，他們可能視之為歷史。然而，如果我不從事建構的話，則所有的蛛絲馬跡都會消失。一九七〇年謝雪紅去世，一九七六年王萬得去世，一九八〇年蘇新去世，歷史消失的速度越來越快。我好像是困獸之鬥，在海外陷入無盡的掙扎。那時只有一個覺悟，能夠多留下一個故事，就能夠保存多一點的歷史記憶。那樣與時間賽跑，恐怕不只是依賴智慧，更重要的是，必須依賴自己頑強的意志。

2

一九八八年夏天，我接到美南台灣人夏令營的邀請，在會中做主題演講。所謂美南，指的是德州、奧克拉荷馬州、阿肯色州、密西西比州。那邊的台灣人社區，總是固定在夏天舉行聯合會。在美國居住許久，往往只是在華盛頓州、俄勒岡州、加州之間旅行過，有時則是飛到中西部的芝加哥或聖路易。對於德州，反而覺得非常陌生。接到夏令營的邀請函時便決定前往。美國是一個太大的國家，在心理上於我永遠存留的高度疏離的感覺。曾經在一首詩裡，形容過自己的孤單旅程，而寫下這樣的字句：「在星球與星球之間飛行」。恰恰就是陌生，才對我形成無法抗拒的吸引力。在台灣人聚會的場所，我很少用自己的本名，而是使用施敏輝的代號接受邀請。當時在海外報刊雜誌撰寫政論，都是使用這個筆名。同鄉熟悉的我，就是施敏輝。因為是筆名，往往讓我自己覺得是戴著面具。這是在漂泊歲月裡無可奈何的選擇。

飛機到達奧克拉荷馬市的時候，出口大廳就有人舉著施敏輝的牌子。那是一對夫婦，從未謀識。在陌生的城市，如果遇見黃種人面孔，總會產生無法定義的親切。所以在大廳與這對夫婦相見，整個孤獨旅程終於得到安頓的感覺。走出航空大廳時，才發現那裡的風景與西岸截然不同。美國南部的城市，並沒有像紐約或舊金山那樣的高樓大廈。放眼望去，是一片平坦的風景。縱然是在北美洲，我彷彿是到達了一個新的國境。相較於東西兩岸，這裡的非裔人口顯然是占多數。他們的口音與白人的英語有顯著的不同，說話時聲音宏亮，卻非常友善。走向停車場時，與一位黑人擦肩而過。他咧開大嘴微笑，朝著我喊了一聲：「Hey, man!」讓我覺得特別親切。在加州，反而墨裔人口比較多，相遇時也很友善地打招呼：「Hey, amigo!」都是把陌生人當作朋友看待。

這對台灣夫婦頗具鄉土氣，開口閉口都以台語與我交談。因為是初次見面，就叫我「施先生」，因為他們只知道我施敏輝的筆名。後來我才坦白跟他們承認，我是陳芳明。沒有想到他們居然知道，我曾經出版詩集與詩評。那是一種奇妙的感覺，好像在江湖走動都以代號遊遍天下。他們也自我介紹，夫婦都是理工科畢業，在奧城工作。奔馳在高速公路時，內心總不免有花落飄零的淒涼。多少年來不斷在不同的城市移動，縱然有同鄉來接應，卻反而使內心深處平添一份落魄。接受美南夏令營的邀請，其實是要做一場政治演講。已經那麼多年，總希望有一天能夠公開演講文化的議題。但是在北美洲那樣的環境裡，台灣同鄉對於政治的好奇遠遠高過文化領域。每次演講，必須使用激勵的語言與聽眾共鳴，希望有一天大家能夠回到島上相聚。

在夏令營的第二天早上，走出宿舍時，竟然看見一位滿首白髮的學者。他的面孔似曾相識，卻一時叫不出他的名字。他很親切走過來與我握手說：「我是盧修一。」我非常訝異，竟然在這個偏僻的南方與他不期而遇。原來他坐牢已經屆滿，特地旅行到海外來散散心。當我自我介紹時，他立刻就回應說：「我很早就知道你。謝謝你曾經援助過我。」他一九八一年被捕時，是因為與日本一位婦人前田光枝會面，收到史明帶給他的歷史資料。在那整個事件過程，絲毫沒有牽涉到任何叛亂的嫌疑，只因為是史明從東京差遣她來，就變成非常嚴重的罪狀。

盧修一對我特別友善的原因是，他也知道我在研究台灣左翼運動史。而他本人在比利時魯汶大學時期也在研究台灣共產黨史，他的很多史料都是由史明提供。那些史料都已經寫進《台灣人四百年史》的鉅著，同時也提供給盧修一從事博士論文的書寫。在精神上與治學上，我應該是與盧修一同門。畢竟我們所從事的研究，有太多重疊之處。他待人非常親切，好像把我當作小老弟看待。在那裡兩天的相處中，每次用餐時總是坐在同一個桌子。在最後一天的晚餐時，才告訴我他的博士論文《台灣共產黨史》，即將交給鄭南榕的自由時代出版社印行。他說，是不是可以為這本專著寫序。我沒有想到他對我如此信任，只告訴他說，我的左翼史研究才正要開始。但是他堅持不做第二人想，因為，他已經讀過我在台灣連載的〈永遠的望鄉人：蘇新的生平與思想〉。他非常肯定我的研究，並且也談到我使用的史料相當充分完整。他這樣不經意的一句話，帶給我相當大的鼓勵。尤其他是一位行家，他的氣度與識見全然與別人不同。我終於不再推卻，答應他寫序的承諾。

美南之行，隱隱給我一個強烈的暗示。幾年來的台灣左翼運動研究，終於獲得前輩的肯定，甚至也獲得他的信任。沒有經過那次的鼓勵，我後來所完成的一系列台灣共產黨員研究，可能不會具備強烈的信心。尤其是託付我撰寫他新書的序文，讓我對於未來的研究更有把握。單獨一個人在異鄉投入台灣研究，靈魂深處其實是寂寞無比。那好像是一場思想上的冒險，也是一次知識上的探求。與盧修一的不期而遇，他似乎為我打了一支強心劑。如今，我已經完全忘記在美南夏令營做了怎樣的演講，也忘記與多少陌生朋友相互認識。我只記得盧修一閃亮的白髮，以及他相當體面的穿著。他的身材特別高，遠遠望著他的背影，總覺得他是一座雕像。

那時我已經為鄭南榕的《自由時代》雜誌撰稿，當時的總編輯是胡慧玲，她常常透過傳真機與我互通信息。雖然從未謀面，卻因為文字往返的頻繁，總覺得她是我久識的朋友。盧修一的書就是由她主編，所以在寫序過程中，她的傳真文字就更密集。也因為如此，她對我正在撰寫中的《謝雪紅評傳》也感到好奇。那年秋天，她又傳來一封信息，告訴我鄭南榕即將有北美之行。又說鄭南榕會停留在聖荷西，希望能夠與我簽約，出版那本還在撰寫的評傳。有太多的政治運動者久聞其名，卻從未相見。鄭南榕要前來與我簽約，當然是值得喜悅的事。只是不知道這本書是否能夠如期完成，內心不免有些忐忑。

台灣文學與台灣歷史，對我其實是一片陌生的水域。孤獨地在海外閉門造車，頗像一個俠客關在山裡練功。從來不知道自己的武術可以練到怎樣的程度，就好像面對茫茫大海，永遠看不到盡頭。我便是處在那樣孤絕的環境，無法測量自己的研究是否能夠獲得接受。朝向著遙遠的水平線，我奮力航行。每到達一定的距離，總是有一條新的水平線浮現在眼前。因為不知道自己的終點是在何處，我只能拚命往前划行。在美南夏令營與盧修一的相見，他似乎對我一個人的遠航給予肯定。那是一次具有象徵意義的不期而遇，經過他的加持，我才知道自己可以繼續航行下去。接到《自由時代》主編的來信邀約，我的信心就更加堅定。那一片陌生的水域終於不再陌生，我下定決心繼續航行下去。

與鄭南榕的相見

1

一九八九年二月，政論雜誌《自由時代》傳真給我一封信，告知鄭南榕將到達加州，並希望可以來聖荷西相見。接到這個訊息時，內心頗有騷動。我為台灣不同的政論雜誌撰稿，卻從來沒有跟任何主編見過面。美麗島事件發生之後，台灣新生代所創辦的政論雜誌極為豐富，包括許榮淑的《生根》、周清玉的《關懷》、黃天福的《鐘鼓樓》、林正杰的《前進》、康寧祥的《八十年代》，以及稍後陳文茜主編的《新潮流》。那時我正處在生產力最旺盛的階段，也是對台灣戒嚴體制批判力最強的時刻，我的文字幾乎都在這些黨外刊物發表。那時每週大約可以生產三篇政論，還不包括我個人正在撰寫的《謝雪紅評傳》，以及不時完成的詩與散文。比較屬於文學性的作品，則集中發表在陳永興所主編的《台灣文藝》。那種壓抑不住的憤怒，最後都化為文字偷渡回到台灣。那時使用施敏輝、宋冬陽、陳嘉農三個筆名，輪流出現在不同雜誌上。對於一位長期流放在海外的書寫者，總是不斷在尋找精神出口。那段時期的文字如果找不到發表空間，也許會在內心底層發生自虐狂。

跨過一九八七年的解嚴，我第一次感受到有一種卸下精神枷鎖的快感。尤其在一九八八年一月二十三日，聽說蔣經國去世了，我更加強烈感覺到一個黑暗的時代就要過去。猶記得聽到這個消息的那一天，林濁水正住在我家。他也覺得頗為訝異，我遠在加州卻消息特別靈通。尤其知道李登輝繼承總統的位子時，更加可以感受台灣歷史正處在一個重大迴旋的階段。一位台灣人可以替換獨裁者的位置，等於是在改造整個政治版圖。我們在討論時，已經注意到李登輝是康乃爾大學畢業，而且是一位農業博士。這大概是相當重要的政治關鍵，畢竟他接觸過開明的西方文化，所接受的訓練與蔣經國截然不同。這位國民黨的最後一位外省統治者，是接受蘇聯共產國際的訓練出來，而且曾經是特務頭子。從一九五〇年代到一九七〇年代，可以說槍決了無數的政治犯。縱然蔣經國在晚年公開承認說：「我也是台灣人」。所有的台灣人從來不會忘記，他的雙手沾滿了多少血跡。

一九八八年於我是完全不一樣的年代。那時已經跨過中年，無論是身體或思考都處在最佳狀態。那時我開始積極準備返鄉，並且希望能夠帶一本完整的作品回到台灣。解嚴之後的台灣正式解除黨禁報禁，政論雜誌的重要性也慢慢遞減。許多民間的報紙，從北到南紛紛發行。我所受到政論撰寫的邀約，也比過去更加頻繁。台北的《自立晚報》、台中的《台灣時報》、高雄的《民眾日報》，都有我的政論專欄。那時仍然持續使用施敏輝的筆名，在雜誌與報紙同時發表。由於報禁的開放，使得政論雜誌的市場慢慢萎縮。鄭南榕的《自由時代》也開始出版系列叢書，似乎顯示鄭南榕有意要轉換跑道。他在一九八九年為盧修一出版了《日據時代台灣共產黨史》，就已經意味著一個新的時代即將展開。這可能是台灣讀書市場第一次接觸到這樣的歷史著作，那不僅是屬於左派的歷史解釋，而且也是重建台灣記憶的一個里程碑。

台灣歷史的解釋權，從戰前到戰後都一直掌控在統治者手中。無論是帝國或黨國，基本上都是屬於極右派。其中的關鍵因素不難理解，日本是依賴資本主義而完成了現代化的工程，在台統治五十年，從來不容許左派知識份子的存在，因為他們對於資本主義的批判甚過一般島上住民。國民黨來台統治之後，不僅全面繼承日本人遺留下來的資本主義體制，而且還更全面向美國資本主義傾斜。所有的批判性思考，特別是與馬克思主義銜接的政治活動，必然遭到毀滅性的鎮壓。即使是屬於右派的自由主義思想，國民黨根本無法容忍，更別提左派的政治思考。在一九八〇年代黨外運動最活潑的時期，史明撰寫的《台灣人四百年史》就已經在地下普遍流傳，而且也屢次遭到特務單位的沒收。鄭南榕正式出版盧修一的作品，顯然有意向國民黨挑戰。在解嚴後的兩年，國民黨竟然還是無法容忍《自由時代》的存在。

鄭南榕在二月到達聖荷西時，北加州還是非常寒冷。他與我都是在一九四七年出生，是典型的二二八事件世代。我們一起穿越了戒嚴時期最嚴酷的年代，也同樣見證了台灣的先人是如何遭到屠殺。那樣的傷痕，已經成為我們生命裡的共同印記。他對我正在撰寫的《謝雪紅評傳》特別有感覺，迢迢千里來到加州，其實是要與我簽訂出版合約。我事先幫他預訂了Motel 6的旅館，那時候我實在太窮困了，就在住處附近找最便宜的旅館預約。鄭南榕與我在機場見面時緊緊握住我的手，彷彿是失散已久的兄弟。從他手掌所傳過來的熱力與握力，我可以感覺他內心的激動。從我的穿著，他似乎可以感覺我那時的落魄。坐進車子時，我仍然記得他說的第一句話：「你生活好辛苦吧。」我只能默然點頭，只回應他說：「你辦的雜誌才辛苦吧。」縱然是初次見面，卻有一見如故的感覺。

車子停在那旅館前面時，我可以讀出他失望的神情。他是相當誠實的人，立刻就說：「怎麼為我訂這樣的旅館。」那時我無法理解他的心情，他站在汽車旅館的辦公室前面，回頭指向聖荷西市中心的豪華旅館說：「我要住的是那種旅館。」第一次見面就這樣抱怨，讓我好喜歡他的誠實。我只是覺得有點抱歉，只回他一句：「沒關係，你只停留兩個晚上。」那天我們在旅館裡談了整個晚上，他把自己創辦政論雜誌的過程都告訴我。我才明白，他在解嚴之前所受到的官方待遇，幾乎沒有一期不遭到查禁。每次出版之前，他就知道警總一定會派人到印刷廠去查扣。他一定會事先印好兩三千本，讓警察進來時帶走。然後他繼續加印數千本，運送到夜市或黨外活動的場合去銷售。在那寒冷的年代，他就敢玩這樣高成本的遊戲，讓我更加欽佩他的膽識。原來為了爭取言論自由，他必須付出如此昂貴的代價。相較之下，我只能在海外撰寫政論文字，簡直不可同日而語。

第二天我帶他到聖荷西的埃及博物館參觀，他對館內展出的歷史文物感到特別好奇。尤其走到木乃伊的玻璃櫃前面，他駐足甚久。那種端詳的姿態，好像是在進行研究工作。事實上，他與我都是輔仁大學畢業。當時我在歷史系，他在哲學系，似乎沒有碰面的機會。畢業二十年後，我們竟在遙遠的另一個海岸見面，到今天我還是覺得非常神奇。安排這次的相見完全沒有什麼理由，只不過是我們對言論自由都太過嚮往，自然而然就被命運安排見面了。站在他旁邊，我靜靜觀察著他的專注眼神。他在雜誌封面打上這樣的字樣：「爭取 100% 言論自由」，絕對不是口號，而是以勇氣、以膽識去追求。他那銳利的眼神，似乎射出他對時代的觀察，也投出他對政治的介入。在那充滿禁忌的年代，他的眼神簡直毫無禁忌。

那天晚上回到旅館時，他拿出一份出版合約，希望我的《謝雪紅評傳》完成時就交給他的出版社。最初我不想與他簽約，因為那本書還在撰寫之中。我委婉提醒他，這本書可能還需要一年的時間才能完成。他說話非常乾脆俐落：「沒關係，我會等你完成。」他是那樣沒有遲疑，而是非常果斷地信任我。這時我才真正領教了他的脾性，完全不拖泥帶水。說完時，他立刻從口袋掏出一千塊美金給我，讓我完全沒有拒絕的餘地。那個晚上，我從來沒有想過，那是我唯一與他見面的最後一次。現在每次想起他時，他眼鏡背後的神情到現在還是閃閃發亮。

2

一九八九年是我非常難忘的一年，那時我積極申請回台的簽證，前後大概經歷了三次刁難。我每次到舊金山的辦事處申請時，總是會被請到辦公室裡面。那是一個密閉空間，燈光卻非常充分。進去時，已經有兩位辦事員坐在裡面，他們請我坐在對面的空椅上。我最初不明白，為什麼必須坐在這室內接受簽證。一般持有護照的人都是在外面的辦公室申請，而且在最短的時間就取得簽證。我拿的是中華民國護照，卻一直得不到許可。鄭南榕離開聖荷西之後，我便不斷進出舊金山辦事處。在那室內我坐下時，他們希望我寫一份切結書，要我寫下三個保證：一、回台後不參加民進黨，二、在台灣不參加街頭遊行，三、不寫文章批評政府。他們開出這樣的條件時，我立刻拒絕。那兩位辦事員絕對不是辦事處正式編制的人員，而是警備總部派駐海外的工作者。我只回答他們說，我不可能寫這樣的切結書，因為台灣的報紙現在正刊登著我的政論，而且正是在批評政府。

那兩位辦事員一搭一唱，一個扮演黑臉，一個扮演白臉。後來那位白臉說，你們聖荷西有很多同鄉都簽了這份切結書。我只能回答，我不在意有哪位同鄉如此簽署，但我不會做同樣的事。最後那位黑臉說，這樣我們就沒辦法同意你回到台灣。每次走出那間辦公室時，內心非常挫折，甚至感到非常絕望。我無法理解，台灣已經解嚴兩年，而且是李登輝擔任總統，顯然他也無能為力。長達三十八年的戒嚴體制，似乎已經使國民黨習慣成自然。縱然已經解嚴，還是情不自禁要刁難百姓。我第三次進入那間辦公室時，同樣還是那兩位黑臉與白臉，到今天我還是不知道他們的姓氏。我只知道，他們就是體制的代理人。

我進去時，他們突然表現得非常友善，只告訴我，這次不用寫切結書，只要用口述的方式就可以。我當然還是回答，不可能做出違背自己良心的事情。那時我不經意抬頭，才發現天花板四周有四架監視器。原來我可以選擇不用簽字，但必須接受他們的監視錄影。國民黨在科技方面還是進步的，他們控制人民的手段可以說日新月異。忽然有一股強烈的羞辱感襲來，我是來接受簽證，而不是來接受約談。我站起來轉身就走，那位白臉忽然很客氣的說，你坐下，我們好好談。他說，你如果要回去台灣，可以拿美國護照就沒有問題。

我急於想回到台灣，是因為鄭南榕在那年四月自焚身亡。那個事件對我衝擊甚鉅，覺得自己不能繼續留在海外。那年二月鄭南榕回到台北之後，台北市的警察就要逮捕他，只因為他的政論雜誌揭露太多蔣家的歷史。鄭南榕把自己關在辦公室裡，並且置放汽油桶在他身邊。他等於是自我綁架，拒絕與國民黨妥協。當他監禁在那狹窄的辦公室裡，好像所有的台灣人無論島內海外，都緊緊與他綁在一起。那時我只能與《台灣文藝》的主持人陳永興聯絡，他不時會傳達一些最新狀況的訊息。在四月初接到他的電話說，情況好像越來越惡化，因為鄭南榕不妥協，國民黨也不妥協。受到那樣的影響，我幾乎無法寫稿。

鄭南榕堅持相信，必須台灣獨立，才能獲得百分之百的言論自由。從一九八七年二二八事件四十週年時，鄭南榕與陳永興、李勝雄聯手舉辦二二八事件自由日的活動。不僅是紀念歷史上的悲慘事件，也是為了推動言論自由。主張台灣獨立，是他言論自由的重要一環。他對言論自由的嚮往，其實是代表著二二八事件世代的終極理想。但是解嚴後的國民黨，仍然無法接受台灣獨立的主張。如果這樣的主張被列入政治禁區，則解嚴等於沒有意義。李登輝領導下的國民黨，還是無法接受台灣獨立的主張。正是在這個關鍵點，鄭南榕完全不妥協，而國民黨也不妥協。

四月七日那天，台灣所有的電視都在現場。仍然記得那時的加州華人電視台，事後也轉播了真實的場景。當時率隊包圍的是侯友宜，事前似乎並沒有做任何道德勸說，只是不斷地強調要逮捕他。也許他們的主觀想像，覺得鄭南榕只是在做姿態而已。事後注視著加州電視台的轉播，我的心情揪成一團。電視鏡頭定定地聚焦在民權東路巷內的那排公寓房子，時間分分秒秒過去。剎那間，一個窗口突然爆發了巨大的火花，就在那時刻，鄭南榕終於引火自焚。帶著淚水我告訴自己，鄭南榕終於勇敢離去。在心裡，我不斷呼喚他的名字，然後發現自己的身體不斷顫抖。人生有太多的告別，從來沒有一次像這樣如此殘酷，如此壯烈，如此炙痛著每一寸肌膚。縱然已經是事後的注視，內心的震動還是無法壓抑。那種痛，已經超越任何文字所能形容。彷彿在心臟的什麼地方，有一枝擦亮的火柴棒緩緩燃燒，如凌遲那樣，那種痛覺一陣又一陣襲來。

在那樣的時刻，我找不到任何語言對自己說話，更別提要向鄭南榕說些什麼。只知道他選擇這樣憤怒的方式離開人間，似乎也只能選擇這樣子的行動，才能對邪惡的體制表達內心的強烈抗議。他的身體也許就是整個台灣歷史、台灣政治的一個縮影，身為台灣人，從來就沒有享有言論自由。如果生命無法擁有說話的自由，他可能就不能稱之為人，更不可能稱之為台灣人。必須採取如此非凡的手段，也採取如此不可思議的行動，才能對照出國民黨統治者的冷血與無情。鄭南榕不只是毀壞自己的身體，也毀壞了一個美滿的家庭，更毀壞了他女兒的崇高期待。這種無法使用任何語言來形容的毀壞，只有在國民黨的統治下才有可能發生。他是我這輩子所遇到真正敢於行動的人，除了他再也沒有其他人。

曾經與鄭南榕約定，七月在台北相見，終於成了一個空洞的諾言。仍然清楚記得，跟他在機場握別時，鄭南榕溫暖的雙手久久不放。那樣的溫度，那樣的手感，到今天仍然無法忘懷。在機場與我握別的人，已經選擇在火焰中決絕地飄然而去。他那種毫不吝惜的離去，等於是對壓迫他的統治者表達最大的輕蔑。他只能選擇這樣的方式，才能證明國民黨體制是何等醜惡，而劊子手侯友宜又是何等的醜陋。他以烈火燃燒自己，卻保留了最乾淨的靈魂。所有的雜質，所有的流言，所有的侮辱，都在火焰中燒得乾乾淨淨。注視著螢光幕上的那排公寓窗口，我可以感覺他完全沒有任何的猶豫，甚至也沒有任何的回眸。他說走就走，相當乾淨俐落，把人間最醜陋的字眼都留給國民黨。噙著淚水，我向天上的鄭南榕說話，從此以後我不再祭拜你，我乾脆讓你活在我的身體裡，我的靈魂裡。

十五年後，鮭魚返鄉

1

位於北美洲西北方的太平洋水域，每年初秋之際總有逐波回歸的鮭魚歸來。茫茫大海隨著季節的變遷開始加深顏色，那種透明的藍，在漸寒的天空下逐漸轉暗。秋風開始吹襲時，每一片浪帶著興奮的感情衝擊海岸。似乎在暗示水面底下有一群傲慢的生物，逆著潮流逼近西雅圖港口。水底下傲慢的生命，便是已經長成大魚的鮭魚。當年這浩大的魚群，是以幼苗生命離開最初的河流。當牠們在遠方海洋縱身泅泳，似乎從未忘記牠們原來的故鄉方位。第一次見識這群幼小的魚苗，是在斯諾誇爾米瀑布（Snoqualmie Fall）的下游。養殖場有無數並列的蓄水池，站在池邊可以清楚看見魚苗活潑地游走。那麼小的生物總是聚集在出水口不斷逆流跳躍，那是牠們與生俱來的本能。有一天牠們就注定要縱浪大海，那是一種宿命的考驗。無法接受大海的衝擊，就無法具備能力回到最初的源頭。牠們在巨大的海洋流浪四五年之後，終於蓄積了足夠的精液與魚卵，便開始乘風破浪回到北美洲的西北海域。我說牠們是傲慢的生物，是因為牠們能夠在淡水與海水之間進出自如。當牠們進入西雅圖的湖泊時，竟然還能夠找到當年原來的河流，想必有靈敏的鼻子或觸覺，可以辨識自己原鄉的水性與味道。鮭魚返鄉是偉大的回歸之旅，也是沒有任何力量可以阻擋牠們回到最初的出生地。

一九八九年，我無論如何都要回到台灣。離開那麼久，恐怕海島的土地與植物都已經忘記有這樣一位流浪者。既然無法以中華民國護照回到台灣，我只好被迫去申請美國護照。我不能再接受羞辱性的約談，我更無法接受被要求要寫切結書。回到故鄉，是我的基本人權。在那海島有我的親人，也有太多久別的朋友。中華民國如此強悍地拒絕了我，我只好選擇另外一種方式回到故鄉。我的故鄉並不等於中華民國，在成長時期的情感啟蒙、政治啟蒙，絕對不是國家所帶給我的。那是我生命中最私密的部分，政治權力不能全盤否決我個人的人權。當我手持藍色封面的美國護照，出現在舊金山辦事處時，玻璃櫃後面的辦事人員投射著訝異的眼光。他們欺負台灣人已經非常習慣，看到那本護照時，神情變得非常詭譎奇異。看著他們複雜的表情，我等待著簽證的結果。那是一九八九年的六月初，我只等待十五分鐘，護照立刻送回我手中。

我站在辦公室的大廳，翻到那頁正式簽證的印章，立刻發現印章底下寫了一行鋼筆字：「限一九八九年六月三十日入境，一九八九年七月三十日出境」。那幾個歪斜的筆跡，正好顯示一個威權統治體制的劣跡。我又發現，那頁的底下蓋上紅色印章，上面寫著：「持用本護照不得在台灣工作」。這才是他們要求我申請美國護照的關鍵理由，因為我是以外國人的身分入境，就不可能有任何理由在台灣居留。終於拿到正式簽證時，我的心情非常複雜，甚至有欲淚的感覺。原來台灣的統治者似乎視我為江洋大盜，簡直把我當作敵人看待。我第一次才體會到什麼是台灣人的尊嚴，什麼是台灣人的人權。一個與台灣社會脫節的統治者，縱然控制了陸海空三軍，縱然擁有安全調查局，縱然把整個警察體制視為囊中物，卻永遠沒有安全感。對於我這樣一位只會寫作的書生，卻必須把我拒絕在台灣的國土之外。即使容許我可以踏上台灣的土地，在他們眼中，我仍然是異類。

那是非常複雜的感覺，不純然是喜悅，也不純然是悲傷。我第一次對自己的生命不知如何給予確切定義，更不知道如何給自己的身分一個明白說法。驅車離開舊金山那城市時，我好像是過了半生的時光。奔馳在高速公路上，看到眼前無盡止的公路為我展開。道路兩旁的風景曾經是我最為熟悉，卻在那個時刻突然感覺非常陌生。在內心我不斷質問自己「你是誰」，我找不到明白的答案。在海外漫遊了十五年之後，我發現自己竟然不是台灣人。許多記憶以複雜的形式轟然迎面而來，卻分辨不出什麼是真實，什麼是虛構。許多幻象與錯覺都在那個時刻紛紛浮現，我第一次感受到，國家認同與文化認同原來沒有標準答案。對台灣那個海島，我已經變成異鄉人，也變成畸零人。好像是台灣歷史的多餘，又像是台灣社會的殘餘，我終於失去了自我定位。

可以感覺到自己的臉頰帶著淚水，也可以感覺內心底層帶著憤怒。從舊金山回到聖荷西，簡直是過了半生。回到家裡的書房，我緊緊關在自己混亂的情緒裡。我需要一點時間，慢慢反芻在舊金山所受的待遇。漫長的十五年，換取的是一份陌生的簽證。那天晚上，我凝視著書房窗外的天空，久久無法平息下來。那顆黯淡卻可辨識的北極星，曾經陪伴我多少孤寂的時光。每當我需要表達私密的語言，總是凝視那稀薄的光喃喃自語。那個晚上，我第一次感覺北極星的移動，直到外面路邊的椰子樹遮蔽了它。我需要尋找一些理由，可以解釋自己的落魄。縱然已經知道可以回去台灣，心中卻不曾有一絲喜悅。

我開始寫信給台灣的親人與朋友，告訴他們六月底就可飛回台灣。當我把這封信以傳真方式送出，並不知道我的返鄉竟然是一個事件。台灣的政論雜誌、報紙副刊，都開始報導我即將返鄉。那時在《自立晚報》副刊的編輯林文義，特別向我邀稿，希望在我回鄉那天刊登出來。不少政論雜誌的編輯，也開始要求我為他們寫稿。在不眠之夜，我取出一張白紙，平鋪在桌上。望著已經黑暗的窗外，我苦思著如何向台灣說出我真正的心情。除了桌上那一盞燈，整個天地已經變成無邊的黑暗。苦思許久，我終於在稿紙上寫下「鮭魚返鄉」四個字，那大概是最能描述內心的起伏震盪。

經過十五年的海外漂流，其實我也無法給自己一個精確的定義。或許我很早就是遭到遺忘的一隻鮭魚，已經相當熟悉遠洋中各種潮流的衝擊，也相當熟悉各種海水的味道。而我卻無法明白告訴我島上的朋友，到底我是屬於什麼國家的人。在最黑暗的夜裡，我永遠知道台灣的方位，也從未忘懷我自己所說的母語。但是我在島上已經連根拔起，非常清楚自己不再屬於台灣。尤其只能在台灣停留短短一個月，那麼短暫的時間，或許無法與自己的土地互相認同。很早我就知道，台灣鄉下曾經這樣流行一種說法，蚯蚓或癩蛤蟆離開土地許久之後就會奄奄一息。只要把牠們放回泥土上，讓牠們呼吸一下土氣就會甦醒過來。我是離開土地太久的一隻蟾蜍，早就遺忘台灣的泥土氣味是什麼，更別說島上下雨的滋味如何，瀰漫的空氣又是如何。每當獨自思鄉時，書窗外的椰子樹與玫瑰花完全無法與我對話。離鄉太久之後，反而懷念夏天的空氣如何濕黏地附在肌膚上。七月正是台灣最炎熱的季節，我變得很奇怪，竟然渴望汗流浹背的滋味。許多奇怪的夢想與幻想，都在那個星空之夜擁擠地席捲而來。

2

我決定帶著兒子與女兒一起回到台灣，內人因為工作的緣故必須慢一個禮拜才能回去。第一次兩個孩子與我返鄉，他們的心情特別興奮。兒子十三歲，女兒十歲，都未曾親炙台灣的土地。經過十餘小時的飛行，我未曾閉眼休息。看著兩個熟睡的孩子，我不知道自己如何向他們解釋，為什麼離鄉那麼久。飛機快要到達台灣的時候，我與兒子交換靠窗的座位。在還未降落之前，多麼渴望趕快看到自己的土地。我凝視著茫茫海水，似乎每分每秒都是那麼漫長。當窗口出現台灣的山林時，內心突然湧起無法壓抑的悸動。尤其看到墨綠色的樹林時，眼淚立刻湧出。內心告訴自己，那是最典型的台灣顏色。在北美、在日本到處可以看見樹林，但絕對不是這種台灣綠。亞熱帶的海島吸飽了足夠的水氣，也曝曬在炎熱的陽光下，植物的生命力都展現在伸展的樹葉上。那是我年少時期最為熟悉的顏色，等於在我的血脈裡深深烙下。那是心靈與台灣的大自然相互印證，噙著淚水，我暗暗告訴自己，回來了，台灣我回來了。

當年出國時，是從松山機場走入海關。十五年後回來時，是從桃園機場走出海關。那是完全陌生的空間，一時不知自己身在何處。我只知道機場大廳有很多文友前來迎接，從機艙走出來時，穿越那麼漫長的走道，一切看起來是如此生疏，彷彿是在另外一個城市的國家機場。只是覺得氣氛有些詭異，在每個轉角處都有一位便衣站在那裡。終於領取行李之後，兩個孩子緊緊跟在後面。對他們來說，這是生命裡第一次踏上父親故鄉的土地。兩個人都睜大眼睛，對任何事物都感到好奇。尤其海關的門打開時，看見人群圍在那裡迎接竟感到怯生。我看見陳永興立刻走上前來，與我緊緊握手。一九八二年，兩人曾經在洛杉磯第一次相見。看到他的面容，我又熟悉起來。就在握手之際，有兩個戴斗笠的人也站在不遠之處。他們的肩頭都背著巨大的黑金剛，不斷低頭傳達訊息。黑金剛應該就是那個時期的無線電話，顯然是奉命來監視現場。陳永興的手搭在我肩頭向我低語說，不用理會他們，我們往前走。現在已經忘記兩個孩子是如何跟隨著我，終於上車後才擺脫那兩位斗笠人士。

陳永興驅車開上高速公路時，才知道台灣的景觀已經徹底改變。望著路邊的水銀燈，忽然給我一個錯覺，好像是在美國的另一個城市，或在東京的高速公路上。台灣真的改變了，已經變成我完全無法辨識的地方。我坐在駕駛座旁邊，陳永興遞給我兩份報紙，一份是《聯合晚報》，一份是《中時晚報》。他提醒我，「你先看一下兩份報紙的頭版」。在車子搖晃中，我看到《聯合晚報》這樣寫著：「海外台獨運動者陳芳明今天回到台灣」。另一份《中時晚報》也寫著：「海外台獨理論大師陳芳明今天歸國」。在台灣完全缺席的歲月裡，原來我是這樣被戴上帽子。心情不免有些惆悵，卻也無可奈何。車子進入台北市時，建國北路的高架道路上可以望見兩邊的霓虹燈那麼燦爛，那麼輝煌，我已經忘記原來的建國北路長什麼樣子。終於到達敦化南路時，我不得不在內心告訴自己，台北已經是個陌生的城市，而我是一個陌生的異鄉人。

他的住宅位於安和路的大樓，陳永興是一位心理醫師，住宅進口處便是他的診所。他的妻子琰玉趕快出來迎接，我們在洛杉磯也見過面。兩個孩子似乎有些疲憊，我讓他們趕快梳洗，讓他們可以安心睡覺。兩個孩子都頗能自律，已經能夠獨立照顧自己。我望著大樓窗外，不免懷有強烈的疏離感。再過兩天就會回到故鄉左營，父母已經引頸盼望許久。我的心情還是不停上下震盪，總覺得自己還是坐在飛機上，不敢確認已經回到故鄉。

到達的第二天，我特地回到漢口街的巷子。那是父母在台北的舊居，當年出國時便是從漢口街一段六十八巷離開。如今那座舊居已經轉手給不同的屋主，我只能站在樓外徘徊不已。似乎只有這條走過千百次的巷子，還非常清晰存留在記憶裡。有生以來，第一次感受到什麼叫做近鄉情怯。「怯」或許不只是意味著畏怯，其實還包括了疏離或陌生，甚至包括了無法確切定義的情緒。這條巷子的盡頭向右拐，便是城中市場。走到市場出口，就是武昌街。向左邊走，就到達明星咖啡屋。在咖啡屋的走廊下，周夢蝶的舊書攤就在那裡。他果然還是坐在書攤前，在夏天裡，他依舊穿著長袿，只是袖子捲起。我走近他時，周夢蝶抬起頭訝然看著我的面孔，似乎不敢立刻相認。我趨前說，周老師，我是陳芳明，昨天才從國外回來。看著他訝然的神情，我也久久說不出話來。他說，我看到昨天的報紙說你回來了，沒有想到你今天就來我這裡。

他的舊書攤在我記憶裡，是非常鮮明的座標。畢竟從大學到研究所時代，我所擁有的詩集都是在這個書攤購買，甚至早期的《現代文學》雜誌，也都是從這個書架上一本一本購得。顯然他辨識了我滄桑的面容，而我也發現周夢蝶也顯得有些老態。時間是最公平的審判，讓久久未見的舊識一起變老。我問他有沒有詩集要推薦給我，他從架上取出林燿德的《銀碗盛雪》。那是我回到台灣後，所購得的第一本詩集。攜著詩集，我便走上明星咖啡屋的樓上，坐在靠窗的座位上，可以清楚看見對面的城隍廟屋宇，許多記憶都跟著回來。年輕時期的我就坐在那裡，與許多文人見面。我想起了黃春明、白先勇、葉維廉、林懷民，都曾經在這裡握手相見。許多遺忘的感覺，許多淡化的情誼，都在那個時刻洶湧而來。那年我四十二歲，而離開台灣時二十七歲。十五年的距離彷彿是一條大河，隔開了我的青年與中年。眺望對岸，一切都變得那麼模糊。

龐大的台北城市，似乎不會感覺故人歸來。窗外的武昌街仍然是熙熙攘攘，進出城中市場的市民也還是那樣神色匆匆。我不知道自己到底是屬於剩餘或是多餘，不會因為我的缺席，這個城市就停止下來。口袋裡的那本護照不斷在提醒我，只能停留一個月。相對於十五年的漫長缺席，這樣的停留時間其實是稍縱即逝。我只是覺得非常不甘心，情緒一直無法平靜下來。仍然像過去那樣，照例點了一杯黑咖啡，也點了一盤俄羅斯軟糖。恍惚間，似乎覺得黃春明就坐在我的對面。我一直把他當作大哥看待，在那時刻，他曾經告訴我的童年故事，又相當鮮明地浮現在我記憶裡。遠在加州的深夜星光下，我捧讀著他的《小寡婦》、《等待一朵花的名字》、《鄉土組曲》。那樣的記憶，支撐著我度過最孤獨的深夜。沒有那樣的文字來慰藉我，不知道如何克服最寂寞的心情。

坐在台北街頭的樓上，不敢想像自己是如何克服了多少不眠的夜。喝完咖啡時，我好像完成了一段神話的時刻，許多感覺與想像都很不真實。在生命裡，這是我最熟悉的城市，而我卻搖身變成陌生人。靈魂深處的空間感與時間感，再也不是我能確切掌握。我還是不敢相信，這個咖啡室竟是我年少時期知識啟蒙、政治啟蒙、愛情啟蒙的一個轉捩點。定定望著窗外，我努力克制不讓淚水湧出。在那時刻我終於清楚察覺，生命裡失去了好多好多，再也無法重新來過一次。

悼亡之旅

1

台灣的夏天特別炎熱，總覺得皮膚表層有一把火在炙燒。離鄉太久，很早就已經忘記海島的季節。總是過了中午之後，就突然有一場暴雨下降。仍然記得那時走在仁愛路的林蔭大道時，突然一陣暴雨襲來。雨勢洶洶，不知道何時才會停止。我站在走廊下，終於親身感受台灣的夏天。從前並不知道整個市容會變成這樣，尤其敦化南路與仁愛路的交界處出現一個圓環。在記憶裡，並不知道有這樣的交通設計。我確實是站在陌生的城市，有時產生一種錯覺。頗覺附近的景觀，很像東京都明治神宮附近的表參道。內心浮起一種感覺，我已經搖身變成異鄉人，與整個城市格格不入。廊外的夏雨漸漸停止下來，分隔島上的樟樹綠葉都全然刷新。陽光又出來時，又恢復了炎熱狀態。

那場雨讓我強烈想起大學時代淋雨的經驗，那時因為年少，不免有些浪漫情懷。總是選擇在雨中散步，讓每一根頭髮、每一寸肌膚都完全淋濕。記憶中的那種輕狂，使我更加確認自己是屬於台灣。然而，我只能在這塊土地停留一個月，分分秒秒都讓我特別珍惜。在大學時代就讀歷史系時，輔仁大學校園才成立不久。從大門走到文學院，大約需要二十分鐘左右。大學四年級快要畢業的那個夏天，曾經在校門口下車。一場大雨適時下降，整個空曠的校園全然沒有避雨的地方。暴雨急遽落下之際，本來開始奔跑，卻覺得一切都是徒然。乾脆就在雨中放緩腳步，一邊淋雨一邊哼著〈Walking in the Rain〉那首歌。那場雨讓我特別難忘。一九八〇年代在加州海岸開車時也遇到一場急雨，就在那個時刻非常想念台灣，而且更想念大學時代的那場淋雨。

回到自己的土地，更加強烈感覺一切都已經過去，而且不可能重新再來。彷彿站在陌生的城市、陌生的街道，與一群陌生人躲雨。空氣中瀰漫著濕氣，而且濕濕地黏附在肌膚上，我更加覺得自己是異鄉人。台北搖身變成巨大的都會，每條道路都已經拓寬。在仁愛路盡頭的圓環看見中正紀念堂時，頗覺怵然心驚。內心無法理解，這位為台灣帶來巨大政治迫害的強人，什麼時候升格成為比人還高的崇拜地位。台灣縱然解嚴了，蔣家父子也去世了，但歷史幽靈還是在台北街頭徘徊。從靈魂深處湧出不快的情緒，也聯想到自己被迫為流亡的異鄉人。我只能在內心發出嘆息，台灣歷史前進的腳步是如此遲緩，是如此反覆。只要威權體制的幽靈繼續遊走在島上，我的精神世界就不可能得到解放。手上握著的那枝批判之筆，就不可能輕易放下。

在仁愛路與敦化南路交界的人行道上，擠著一堆人群。走近時才發現，開幕不久的誠品書店是如此受到歡迎。走進書店後，才訝然發現整個格局與設計頗為不俗。從門口到裡面的書架，全部都以木質地板鋪成。那時我才慢慢覺悟，民間的思維方式確實與整個政治體制格格不入。一九八〇年代以後，台灣社會就已經被捲入全球化的浪潮，誠品書店顯然是最為具體的典範。那是一種後現代的特質，完全展現開放的風格。就好像圖書館那樣分門別類，容許讀者伸手可及。在北美洲四處漂泊之際，造訪過洛杉磯、舊金山、西雅圖、溫哥華、芝加哥、波士頓、甚至是紐約，從來沒有看過如此充滿典雅書香的商店。跨入誠品書店時，彷彿是完成了一個跨越的儀式，意味著台灣社會開始進入一個不一樣的時代。

大學時代住在漢口街的巷子裡，緊鄰著重慶南路。那是一條讓人難忘的街道，沿路走下去，一直走到衡陽路口，都會經過無數的書店。在漢口街轉角處，商務印書館就座落在那裡。

那是由王雲五創辦的書局，其中最大的特色，便是把上海時期發行過的重要書籍都改印為人人文庫。再次走進書店的門口，發現舊有的格局已經全部重新改造。進入一九八〇年代的台北，為了因應全球化浪潮的席捲，可以隱隱感覺到商品化的氣息越來越濃。尤其誠品書店正式開幕之後，似乎對於傳統的品牌也帶來威脅。站在全新的書架前面，還是可以看見整排的人人文庫。那種袖珍型的開本，顯然是沿襲過去文星書店叢刊的形式，只是在印刷上沒有像文星叢刊那麼精緻。從書店的玻璃窗望出去，重慶南路還是那麼熱鬧，只是感覺已經全然兩樣。

沿著走廊，我繼續往南走。跨過街道到達了遠東圖書公司，這也是我無法忘懷的重要地標。當年所購買的陳之藩散文集《旅美小簡》、《在春風裡》、《劍河倒影》，對我早年的文學啟蒙極為重要。由於他受到胡適影響很大，在作品裡的遣詞用字，從來不會引經據典，而是以最口語的方式傳達理念。同樣受到胡適影響的梁實秋，他也在這個書店出版《英漢字典》。梁實秋是新月派出身的散文家，在我出國之前特地編輯了《徐志摩全集》。那套全集讓我重新認識了新月派的文學成就，也重新理解了徐志摩的浪漫主義精神。在書架前不禁來回徘徊，企圖尋找失去已久的感覺。但是時代改變了，從前的氣味也消失淨盡。梁實秋為台灣翻譯了《莎士比亞全集》，對我這個世代而言，那是了不起的成就。那時有一種傳言，他的譯筆遠遜於稍早朱生豪的翻譯工程。但是我知道，能夠以個人的力量把全集譯出，就是了不起的成就。

站在書店裡，恍如隔世。研究所時期讀過的《談徐志摩》與《談聞一多》，都是出自梁實秋的手筆。他們都是屬於新月派，寫出來的新詩被當時文壇稱之為豆腐乾體。因為受到行數與格律的限制，呈現出來的形式很像整齊切出的豆腐乾，這種形式也影響了余光中早期的詩集《舟子的悲歌》。在華大時期，曾經耗費心思蒐集三〇、四〇年代的中國新詩書目，我才正式了解新月派對中國新詩發展的影響。梁實秋是師大英語系的教授，自然而然也影響了學生時期的余光中。遠東圖書公司所出版的《英漢字典》，也是我研究生時期置於桌上的重要工具書，那部字典也跟隨我到海外流浪。許多複雜的情緒驟然匯集湧來，一時竟無法察覺自己到底身在何處。

站在滿排的書架前面，忽然驚覺這次返鄉好像是悼亡之旅。彷彿是站在時間的另一個盡頭，回望著自己的前生。終於可以回到故鄉，卻發現已經變成了異鄉人。尤其走在重慶南路騎樓的亭仔腳，完全沒有遇到任何一個熟識的人。與我擦身而過的路人，也絕對不可能知道我這樣的海外漂泊者。非常感謝陳永興容許我在他家裡棲身，在陌生的城市裡至少有一個據點。炎熱的台北市，整個夏天就像火爐那樣，似乎找不到任何遁逃之處。後來我才知道，仁愛路圓環的旁邊有一家元穠茶藝館，那是由蘇治芬所經營。因為距離陳永興家甚近，與朋友見面都相約在那裡。據說民進黨的第一任主席江鵬堅，就是在那個茶館投票產生。我回來時，海島的政治生態已經全然兩樣。縱然被列入黑名單，卻覺得整個台北市的空氣帶著一定程度的活潑。每天在茶藝館進出，蘇治芬對我特別友善，總是為我保留窗邊的座位，往外可以瞭望車水馬龍的圓環。獨自坐在那裡，我暗暗在內心獨白，我一定要回來台灣。身為一個歷史研究者，最害怕自己的家園發生變化時，我竟然在歷史現場缺席。每思及此，就覺得非常不甘心。

2

直到今天，有兩個地點到現在絕對不可能遺忘。第一個星期日，陳永興邀我一起去參加義光教會的禮拜。這座教堂原來是林家血案的原址，那天到達時，教會裡已經坐滿了虔誠的信徒。到現在已經忘記司會的牧師是誰，只記得走進去時，每個人對我特別友善。我選擇坐在旁邊的位置，靜靜聆聽牧師講道。我從來就不是基督徒，站在台上的牧師以台語佈道，讓我覺得特別親切。在整個禮拜的過程中，還是情不自禁打量著整個空間的布置。一九八〇年二月二十八日發生的滅門血案，徹底改變了我一生的命運。在海外聽到這樁慘案的消息時，我簡直無法自持。仍然清楚記得，在華大歷史系辦公室的長廊聽到這個消息，突然兩腿發軟，全身不斷顫抖。最後只能蹲在牆角，想辦法消化這突如其來的訊息。二月的北國風雪不斷從門外襲來，我裹著衣袖蹲在那裡，久久無法站起。

坐在義光教會裡，恍如隔世。周邊的人物與景物於我是那樣陌生，每位信徒的面容是那樣虔誠，唱出聖詩時是那樣專注。那溫和的歌聲彷彿是在淘洗我的心靈，那對我是一個非常重要的儀式。那友善的、慈愛的聖詩，把一個就要滅頂的靈魂又伸手拉起。當牧師在台前禱告時，我才察覺自己的淚水再也無法控制。在琴聲與歌聲之間，我只能偷偷擦拭。我曾經寫過一首悼亡詩〈給亮均亭均〉，那是受害的雙胞胎女孩的名字。也寫過一首詩〈祭林游阿妹〉，獻給林義雄受害的母親。那是人間最悲慘的事件，也只有禽獸才會做出那樣的事情。那隻禽獸，就是國民黨。我回到台灣以後，在義光教會裡第一次感受到救贖的力量。在那時刻，我明確知道在心靈受傷的絕對不只我一個。凡是穿越過那個時代，每一個靈魂都帶著深深的傷口。

我終於明白，為什麼我非得回到故鄉不可。整個一九八〇年代，其實是充滿了死亡陰影的歷史階段。從林家血案到陳文成命案，可以察覺那即將崩潰的政權，必須從島內一路追殺到海外。雖然在一九八七年宣布解嚴，這個政權從來沒有任何悔改之意。走出義光教會時，外面的陽光閃閃發亮。我好像是從一個黑暗的幽谷走出來，只是看不見的陰影還在靈魂深處徘徊。唯一能夠獲得拯救的力量，便是勇敢面對每一個重要的歷史現場。第二個星期日，我決定到鄭南榕自焚的辦公室去祭拜。那是《自由時代》的辦公室，也是我的政論文字到達之處。稍早的二月，我與鄭南榕在聖荷西見面。與他相處只有短短的三天兩夜，在機場告別時還相約在夏天的台灣見面，那樣的約定再也無法實現。他以自焚的方式爭取百分之百的言論自由，他不尋常的行動，終於還是沒有實現願望。台灣社會明明已經宣布解嚴，但是言論檢查仍然持續發生。

同樣在炎熱而晴朗的星期天，我到達民權東路的巷口。陳永興帶著我走入公寓大樓，到達樓上的辦公室門口，已經有人在接待。門啟處，我訝然看見整個室內一片焦黑。我強烈感覺自己就是劫後餘生者，與我同樣在一九四七年出生的鄭南榕，其實是代替我們這個世代焚毀自己的生命，為了換取百分之百的言論自由。我終於踏入辦公室，俯視著燒焦的桌椅餘燼。環顧四周，才知道整個空間並沒有我想像那麼大。含著淚水，我彷彿看見鄭南榕坐在汽油桶的旁邊繼續工作。他把自己鎖在室內，唯一能夠與外面溝通的管道，只有電話與傳真機吧。那時我已經無法與他傳達信息，總是透過陳永興向他問候。我繼續為他的雜誌寫稿，仍然假想著有一天他會開門出來。我仍然記得他離開聖荷西時，丟了一句話給我：「你敢寫什麼，我就刊登什麼。」那份勇氣，那份果決，到現在我還是能夠生動地感覺。當台灣社會還活在監控的陰影下，鄭南榕就已經給了我百分之百的言論自由。我相信，他不只是為我一個人承擔，而是為整個台灣社會全部承受下來。我這輩子再也不可能遇到這樣果敢的人，也再也不可能遇到勇於實踐承諾的人。站在焦黑的辦公桌前，我在內心不斷呼喚他的名字。

我終於不能不向他告別，許多鮮明的記憶還是停留在我的魂魄深處。當年他決定出版盧修一的《日據時代台灣共產黨史》，特別囑咐我為這本書寫序。他飛到聖荷西，也是為了出版我的《謝雪紅評傳》。那時我還曾經有過猶豫，不是因為我還未完成，而是因為台灣的讀書市場，還不能夠接受這樣的左派書籍。巷口的陽光特別燦爛，簡直要刺傷我的眼睛。只是我整個心情都被鄭南榕的影像所盤踞，那好像是我的前生。我終於明白那年夏天回到台灣，其實是一次悼亡之旅。走在城市的高樓陰影下，不免有穿越死亡幽谷的錯覺。鄭南榕絕對不知道我特地回來看他，那是他稍早與我的相約。他當然也不會知道，我見證了他離開人間的現場。那種悲傷，已經超過我的靈魂所能承受。當火焰在他的肌膚燃燒時，那種灼傷，那種炙痛，恐怕只有上面的神才能感受。鄭南榕是我這個世代最勇敢的人，說到做到，全然不打任何折扣。

那年我四十二歲，也是我開始迎接自己的中年階段。彷彿有一把銳利的刀口，把我的今生前世準確切開。從一九八〇年之後，整個生命過程便不再平靜。每隔一段時期，就有重大事件發生。從林家血案到陳文成命案，從李師科搶案到蔣經國病逝，彷彿是強烈的波浪，持續拍打著我的生命海岸。退潮之際，又有更強烈的波浪席捲過來。那是非常罕見的生命洗禮，每經過一次沖刷，就使內在的意志更加強悍。這場悼亡之旅，絕對不只是返鄉而已，而是經歷一次生命的鍛鑄與改造。從義光教會走到鄭南榕辦公室，竟然為我漫長的人生做了精確的定義。如果沒有經歷這些死亡事件，我不可能維持強悍的意志一直到今天。我終於明白，我必須完成亡魂所未完成的。

我已經朝著台灣的方位繼續航行，不僅要完成一位台灣左翼女性的傳記，也將要完成一部為台灣生命作傳的文學史。進入中年，我看待自己的生命更為明白。我曾經朝向遙遠的十二世紀中國不斷追求，如果那樣繼續追求下去，最後終於證明只是一場夢想而已。那年夏天，我不斷在內心告訴自己，不要放棄作夢的能力。而那樣的夢，必須在海島的土壤上釀造，也在自己的土地上真正完成。那些夢，不僅僅屬於我個人，而是屬於陳文成的，也是屬於鄭南榕的。夾帶著那麼多的傷痛，也夾帶著那麼多的淚水，我迎接了生命中淒涼的中年。彷彿站在廢墟裡，我一無所有。也正因為感覺到自己的生命片甲不留，佇立在台灣的歷史現場，我的後半生終於要完成什麼，一切都變得無比清晰。

文學叢書 574

INK PUBLISHING

深淵與火

作　　者　陳芳明
總 編 輯　初安民
責任編輯　宋敏菁
美術編輯　林麗華
校　　對　吳美滿 陳芳明 宋敏菁

發 行 人　張書銘
出　　版　INK印刻文學生活雜誌出版股份有限公司
新北市中和區建一路249號8樓
電話：02-22281626
傳真：02-22281598
e-mail：ink.book@msa.hinet.net
網　　址　舒讀網http：//www.sudu.cc

法律顧問　巨鼎博達法律事務所
施竣中律師
總代理　成陽出版股份有限公司
電話：03-3589000（代表號）
傳真：03-3556521
郵政劃撥　19785090 印刻文學生活雜誌出版股份有限公司
印　　刷　海王印刷事業股份有限公司

港澳總經銷　泛華發行代理有限公司
地　　址　香港新界將軍澳工業邨駿昌街7號2樓
電　　話　(852) 2798 2220
傳　　真　(852) 2796 5471
網　　址　www.gccd.com.hk

出版日期　2018年10　初版
ISBN　978-986-387-260-3

定　價　330元

國家圖書館出版品預行編目資料

深淵與火 / 陳芳明 著；
--初版, --新北市中和區：INK印刻文學，
2018. 10　面；17 × 23公分.（文學叢書；574）
ISBN　978-986-387-260-3（平裝）
855　　107015870